JN001393

もういちど、
あなたと食べたい

筒井ともみ

新潮社

もういちど、あなたと食べたい　目次

もういちど、あなたと食べたい

加藤治子さんと「おかちん」

受話器を取ると、治子さんの透きとおった少女のような声が聞こえてくる。「ハルコです。いま、お電話してもお邪魔じゃなくって?」。そんな電話がかかるのは、たいてい午後の陽ざしがかげりはじめる夕暮れどきだった。

治子さんは三月《みつき》にいちどくらい電話をくれた。特別の用事があるわけではないのに、なんとなく心配してくれていたんだと思う。治子さんも私も代々の東京生まれながら（ふたりとも江戸訛りが少々ある）、近しい親族が誰もいなかった。治子さんと知り合った三十代のころには、私にとって最後の親族である母がいたけれど、じき亡くなり、そのあとはふるさとであるメトロポリス東京で、タンポポの綿毛のごとくフワリフワリと漂う私に、少しばかりの親近感と不安と心配を抱いてくれたのかもしれない。

そんな治子さんは少女のような声でこうもいっていた。「あたしはね、油っこいものが苦手なの。さっぱりしたものでいいわ。それも少ーしだけ」。ウソである。治子さんは不味くて油っこいものがお嫌いなだけで、さっぱりしていたって不味ければ箸を置いて黙ってしまう。私の思い出すかぎりで治子さんの好物といえば、フォアグラ。もちろん美味しい調理がなされていなければつまらなそうになってしまう。それからキャビア。チーズも欧羅巴《ヨーロッパ》でいただくような濃厚なものがお好きだった。

治子さんと晩ごはん《ディナー》をたびたびご一緒したのは、共通の友人だったM氏（私と同い年のゲイパーソン）のお宅。Mはびっくりするくらいの食いしん坊で料理好き。好みの人を招いて食べさせるのが愉しみなのだが、とにかく部屋が狭い。奥に六畳の和室と、四畳半ほどの小さなキッチン付きリビングだけ。

玄関のドアを開けるといい匂いが充満していて、狭いスペースに置かれたテーブルにはおめかしした治子さんとMのアマン（愛人。ときどき変遷する）が席につき、Mは太ったお腹に小さなエプロンを巻いて料理に奮闘している。お澄まし顔した治子さんの足もとにはダンボール箱かビールケースが置かれ、治子さんはその上にちょこんと足を乗せている。そうしないと足が床まで届かずブラブラしちゃうから。汗だくのMは治子さんの前に小さなフォアグラのソテーを。私の前には大好物のヒシコイワシをさっと酢漬けにしたものを置いてくれた。

このM氏を最初に紹介してくれたのは治子さんだった。母が亡くなり、タンポポの綿毛になりかけていたころ電話があった。「ハルコです。あのね、ちょっとヘンなお誘いなんだけど……」といって、ある旅のお誘いを受けた。行き先はバリ島、旅の費用は治子さんがプレゼントしてくれるという。嬉しいけど……なぜ？「ちょっと、ある方たちの新婚旅行に付き合ってほしいの」「私が？ 私でいいんですか？」「ええ。あなたなら大丈夫だと思って。その方たち、男同士なの」。いろいろ人選を考えた結果、その状況をヘンと思わないのは私だと思って選んでくれたらしい。もちろん、ヘンだなんて思わない。誰が誰とどんな恋をしようとどんな旅をしようと、自由じゃないか。

旅の前にMと会わされた。Mは毒舌で美意識がつよく、時々ヤケクソみたいなアナーキーになるけどナイーブ。治子さん好みの生きものだなぁと思った。こうしてバリ島への異色新婚旅行は始まるのだが、その珍道中を書いているとヘンテコリンで可笑しくてキリがないので、宿泊したウブドのホテルレストランでの最初のディナーを。

新婚カップルは二人きりがいいというので、治子さんと私は二人で晩ごはんを食べることになった。支度をして部屋へ呼びにいくと、治子さんは薄紫色のロングドレスでおめかしをして椅子に坐っている。うわー、きれい！　Mから、一流ホテルのレストランなんだからちゃんとおめかししなさい、といわれたらしい。それなのに治子さんは浮かない表情をしている。ションボリした声でいった。「どうしましょう。ハイヒールがはけないの」。え？　さっきまで美しいハイヒールをはいてらしたのに。どうやらここへ着くまでに靴ずれができてしまったらしい。「いいじゃないですか、ハイヒールじゃなくても。ここのレストランはローソクの灯りで暗めですから」「そう？　じゃぁ、これにしちゃう」。ドレスの裾を上げると、ゴム草履をはいていた。治子さんはせっかくのロングドレスの裾をヨイショとたくし上げたまま、レストランへの小道をペタペタ歩き出した。ただでさえチビの治子さんがさらに小さくなって、生真面目な少女のようにペタペタと歩いていく。

加藤治子さんといえば、故・久世《くぜ》光彦《てるひこ》演出による向田邦子ドラマでの「お母さん」がハマり役のように思われていた。白い割烹着をつけて、家族それぞれを思いやるよき母親であり、でもひとりの女としても生きている。

治子さんとは後々久世演出のドラマでご一緒することになるのだが、最初にお目にかかり言葉を交したのは故・服部晴治《せいじ》さん（大竹しのぶさんの最初のダンナさま）というTBSの伝説的な天才演出家に脚本を依頼された仕事のときだった。世間では向田邦子さんとの名コンビは久世さんのように思われているけれど、向田邦子という脚本家にインスパイアを与えたのは服部さんである、と私に教えてくれたのは久世さんだった。そんな服部さんと向田さんが組んだドラマといえば「冬の運動会」（七七年）や「家族熱」（七八年）。魂の奥底に刃を秘めているくらい凄い家族ドラマの傑作だった。もしかしたら治子さんは、それまで演じたすべての役の中で、服部演出の「家族熱」の、イケナイことをして家を出された母親役がいちばんお好きだったのでは、と私は思っている。こんなにも激しく哀しく狂おしい母親役なんて、テレビドラマで見たことがなかったし、たぶん現在《いま》だったら、そんな濃密で大人のドラマを作り出すプロデューサーもスタッフも、俳優だっていないだろう。

そんな凄いドラマを見ていたころの私はまだテレビドラマの脚本を書いたこともなかった。それからまもなく向田さんが急逝して、その数年後、私は服部さんから声をかけられるという僥倖《ぎょうこう》を得た。仕掛けてくれたのは私の大学時代からの仲よし女で、服部さんの元妻とママ友で親しくなり、ふたりの女は向田さんロスになっていた服部さんを心配して、「ひょっとしてドジ（服部さんのニックネーム）とツッ（私のこと）って、センスが合うんじゃない？」と盛りあがって、服部さんと駆け出しの私をつなげてくれたのだ。

最初の仕事はすでに始まっていた金ドラ「あまく危険な香り」（八二年）のお手伝いで、三本だけ書かせてもらった。途中参加だったし、ミステリーなんて書いたこともなかったし（というより、テレビドラマの脚本なんてほぼ書いたこともなかった）、ひどい出来だった。それなのに服部さんは私のヨチヨチ歩きを見ていてくれたらしい。どうにか立ち直って、初めての連ドラ「家族ゲームⅠ・Ⅱ」（八三、八四年）を書くことができて、自分でもようやく好きになれる作品になった。主演の長渕剛も主題歌の作詞をした秋元康（この曲が彼の最初のヒット曲）も演出の吉田秋生《あきお》も私も、みんなが初めてのチャレンジだった。

そして見捨てずにいてくれた服部さんから声がかかったのが、新しく作る金ドラの脚本依頼だった。すごく嬉しかったけれど、私には書けそうにもない内容だった。湘南の町を舞台に、子持ちの若いママたちが手づくりの市議会選挙で戦う、という内容だ。そんな日常的でアットホームな、体力の要る世界なんて私に書ける筈がない。

それでも書くことを決心したのは、服部さんがすでに癌の末期で、これを最後のドラマにするという思いを知ったからだった。結婚した大竹しのぶさんとの間に男の子が生まれたというのにすでにモルヒネ使用が始まっていて、そんな服部さんから「しのぶとこれを最後にやりたいんだ」なんて言われたら覚悟をきめるしかなかった。

タイトルは「モナリザたちの冒険」（八七年）と決まり、服部さんを心配していろんな俳優さんが出てくれることになった。メインは大竹しのぶさん、名取裕子さん、役所広司さん等々。その中に加藤治子さんもいらした。

このドラマの本読みで、治子さんと初めてお会いした。本読みというのはテレビドラマ界独特の風習（儀式？）で、撮影が始まる前にオールスタッフ・オールキャストで集まり、連続ドラマならその第一話の脚本を、各々の役の俳優が自分の科白《セリフ》を読む、という顔合わせの会である。映画界にこんな風習はまずない。いや、なかったのだが、近ごろでは時々あるらしいし、逆にテレビドラマでは売れっ子のタレントやアイドル俳優が多いから本読み無しのこともあるらしい。

初めて見る生《ナマ》治子さんは想像していた通りの、小さくて可愛くて年齢不詳な女優さんだった。その日、私にとっては初めての人が多くて緊張していたら、治子さんがそばにきて声をかけてくれた。「ツツイさん。よろしかったらこのあとで、お茶でもいただきながらお話ししましょうよ」。ひっそりとして嫋《たお》やかで、どこか少女のように澄んだ治子さんボイスで誘ってくれた。

その日は雨が降っていたのでタクシーを呼んでもらい、赤坂にあったTBSのスタジオからも近い赤坂東急ホテル内のティーラウンジへといくことにした。タクシーのシートに坐ると、治子さんが微かに息を弾ませている。どうしたのかしら。苦しいのかしら。具合でもいけないのかしら。そう思っていると、治子さんが少しだけ苦しげな声で囁いた。「だって、雨の日は空気中の酸素の量が減ってしまうから、苦しいの」。すぐには理解できなかったが、つまり雨が降ると、雨の量だけ空気中の酸素の居場所が少なくなるから、酸欠の空気になってしまうから、だから苦しくなるとおっしゃるのだ。非論理的なようでいて、論理的でもあるような気がした。苦しいと感じるのは治子さんなのだから、治子さんの自由だ。

雨に降りこめられたティーラウンジに治子さんとふたりきり向き合って坐った。治子さんは俳優である私の伯父（故・信欣三《しんきんぞう》）や伯母（故・赤木蘭子《あかぎらんこ》）との係りのことや久世さんや服部さんのことを語り、私のこともきいてくれた。そしてあの話になったのだ。治子さんは美しい微笑を浮かべて私を見つめたまま、身の毛もよだつほど怖い話を始めたのだ。怖くて怖くて……ここに書くことはとうてい出来そうにない。それって本当の話？　作り話なの？　それさえきけないいまま、私は治子さんという女優を大好きになり、やがて何本かの仕事をご一緒して、プライベートな付き合いにも誘っていただいた。でも、あの怖い話は何だったのだろう。

十数年後、私は久世さんとふたりきりで企画の打ち合わせをしていたとき、思いきってあの怖い話のことを打ち明けた。それまでどうしても誰にも言えなかった、治子さんから聞いた怖い話を。久世さんは聞き終るとあのおちょぼ口で「フォッ、フォッ、フォッ」と笑いながら「そうか、聞いたのか」と言った。でもその話を今、ここには書けない。いつか書けるときがきたら、書こうと思っているのだけれど——。

加藤治子さんは摩訶不思議というか、稀《まれ》なる女（女優）だった。その小さな体のなかに菩薩と夜叉と狂女と聖母と、そのぜんぶを分けへだてなく飼っていた。たとえば微笑んだ治子さんの顔の正面にカメラを向ける。まるで菩薩のようにやさしい表情だ。ゆっくりとカメラを向けたまま治子さんのまわりを一巡してもとの正面に戻ると、同じ微笑みを浮かべた顔が夜叉にも見える。何にも変えず微笑を浮かべたままで菩薩から夜叉へ、次には狂女にも聖母にもなるだろう。そのとき女優の裡で何が起きているのか、何も起きてなどいないのか。外側にいる私たちにはわからない。

たとえばコップに水を注ぎ、治子さんの前に置く。あの大きくて濡れ濡れとした治子さんの眼が水をみつめる。微笑みを浮かべながらじっとみつめている。私はそんな治子さんをみている。だんだん、なんだか不安になってくる。水に何か問題でもあるのだろうか。小さなゴミが入っていたとか。「治子さん、その水が何か……いけませんか?」「ううん。何でもないわ」。治子さんはひっそりと微笑んだまま、濡れ濡れとひかる眼をそむける。ワーオ。そんなことされたらもっと気になってしまうじゃないか。

ある夜、行きつけのバーで治子さんと飲んでいたら、松田優作さんがぶらりと入ってきた。治子さんと優作さんはその前年だったか、久世演出のドラマで濡れ場を演じていた。話題がそのことになると、治子さんの頬が暗がりでも分かるほど紅色に高揚していく。撮影現場では優作さんと相談しながら、こんな風にあんな風に、アタシが床に寝そべって、着物の裾がはだけて、優作さんがアタシの上にやってきて……。たのしそうに話す治子さんに茶々を入れてみる。「でも治子さん。優作さんはノッポで治子さんは小さくて、うまくいくのかなぁ」。治子さんの眼がいっそう濡れ濡れとひかってくる。「あーら、背丈の違いなんて、体をヨコにして寝てしまえば関係ないわよ」。そういって治子さんはコロコロと笑い声をあげた。酒場の暗がりで笑う治子さんは淫らな菩薩のようで、傍らにいる優作さんは挟む言葉もなく、唇の端を綺麗に歪めながらエコー(煙草)を喫っていた。

私が治子さんでいちばん好きなのは、モラルが存在しないことだ。もちろん治子さんはお行儀も品もいいし、他者に迷惑をかけることがなにより嫌いだった。でも、存在しない。他者達が決めた、つまらない物差しのようなモラルなんて。

友人の映画評論家夫婦のお宅でごはん会があった。治子さんも来てくれるというので「蕎麦がき」を作ることにした。自慢じゃないが、私の作る蕎麦がきは旨いぞー。店で食べると、つるりと整えられた形状で湯も澄んでいることが多い。私のは土鍋に蕎麦粉を入れ、熱湯を加えながら木杓子で混ぜ、塩梅がよくなったら熱湯を注ぎそのままコンロで加熱する。蕎麦がきはいびつな形状で、湯も不透明で濃密なのがいい。

治子さんがやってきたので、蕎麦がきのお供である削りたてのおかかや醬油・大根おろし・七味などを用意してから土鍋を卓上に置き、蓋を取る。いい香りの湯気がたちのぼる。「治子さんがお好きだと思って。蕎麦がきです」。治子さんが嬉しそうに歓声を上げる。「うわー、おかちんだァ」。オカチン？　どうやら治子さんが子供だったころ、蕎麦がきは子供達にとってはおやつで、そう呼ばれていたらしい。お供は砂糖醬油だという。

さっそく甘めの砂糖醬油を作り、皆で食べてみた。おいしーい！　酒のあてにもなる粋な味ではないけれど、甘くて懐かしくてやさしくて。治子さん、美味しいですね！と伝えようとして顔を上げると、治子さんは卓袱台の前にちょこんと坐ってモグモグとおかちんを食べている。菩薩でも夜叉でも狂女でも聖母でもない、少女のようになった治子さんがおかちんをモグモグ食べている。

治子さんは六年前、九十二歳で亡くなった。大好きな治子さんからはいろんなことを教わった。並外れた記憶力の持ち主で、折にふれ、過ぎてきた人生の様々なこと――女優という仕事について、仲間たちのこと、ロンドンを起点にヨーロッパを旅したこと、好きになったり嫌いになったりしたオトコたちのこと。さまざまな思い出をまるで昨日のできごとのように丁寧に話しきかせてくれた。

そんな治子さんを思い出すたび、私にはひとつの情景が見えてくる。

まだ少女の治子ちゃんが、草原の中にひとりで立っている。しっかりと足を踏んばりながら、前方をまっすぐ見つめて立っている。風が吹きはじめ、強く吹く風に抗ううちに、いつのまにか治子ちゃんはおばあさんになっている。少女と老女。そんな境界なんて悠々と越えている。過去の思い出をひとつ残らず大きな袋につめて、小さな治子さんは大きな思い出袋をひきずりながら、ゆっくりと草原を歩きつづけていく。

治子さんが教えてくれた「おかちん」。甘くて懐かしくてやさしくて。もういちど、生真面目な老少女のようだった治子さんと一緒にモグモグ食べてみたい。怖すぎたあの話のことはひっそり胸の奥に仕舞い込みながら――。

松田優作さんと「にぎり寿司」

松田優作というしなやかでナイーブな獣みたいだった俳優を思い出すとき、私の裡に浮かんでくるのは、一八五センチの長身や贅肉のない鍛えられた肉体や、眠そうなのに鋭い眼光を宿す双眸や癖のあるちょっと可愛い唇なんかよりも、あの指のことだ。

優作（以下、敬称略。感じじゃないので）の指は奇妙というか、とても個性的だった。長い腕の先に付いた手も大きく指も長いのだが、その指は根もとから指先までほぼ同じ太さなのだ。関節のシワとかゴツゴツもない。手の甲に静脈も見あたらない。似ているものを探すのなら、ゴム手袋みたい。まさかその指が寿司を慎ましくつまむ傍らで、私も小肌《こはだ》やマコガレイや煮穴子の寿司をつまむことになるなんて思ってもいなかった。

優作と初めて会ったのは、共通の友人である大木雄高氏が営む下北沢のバー「レディジェーン」の暗がりだった。一九八五年の初めのころだ。その晩ひとりで飲んでいた（たいがいひとり）私はかなり酔っていて、奥まった席でひとり飲んでいる優作のテーブルにフラフラといってしまった。向うは私のことなど知りもしないのだが、こっちはスクリーンやブラウン管で見かけていたからついフラフラと。

当時の優作はすでにスター俳優だった。二十三歳のとき、「太陽にほえろ！」でショーケン（マカロニ刑事）が去ったあと、ジーパン刑事として登場。犯人に腹を撃たれて血を流しながら、「なんじゃあこりゃぁぁぁーっ!?」と叫んで一躍人気者になり、その後は映画「最も危険な遊戯」「蘇える金狼」「処刑遊戯」「野獣死すべし」など次々主演して、アクションスターへの道を駆け上っていく。しなやかな獣のような体軀と抜群の運動神経を駆使して。でも、そんな優作の本質は、アクションスターだけでは収まりきれない「何か」を抱えていたのかもしれない。

お女郎さんのお白粉や汐風の匂いが染みついた港町で生まれ育った韓国とのハーフ少年は、本を読むのがなにより好きだったという。やがて映画館や芝居小屋の暗闇に魅せられていった優作は上京して、まず芝居の世界に近付いていった。自分で幾本もの脚本やシノプシスを書きながらアングラ芝居の裏方として働き、文学座の研究所にも入ろうとするが、一度は失敗しちゃって二回目のトライで研究生に。そうしながらもオリジナルの脚本を書き演出もして、小さな芝居をシコシコとつづけていた。そして「太陽にほえろ！」でのブレークをスタートに、アクションスターのトップへとのぼりつめていった。

そんな華やかな時期でも、優作は日常的なディテールとかリアリティとかに拘っていたし、芝居（舞台）への執着も抱きつづけていた。優作と知り合ってから一度だけ、彼の脚本・演出の舞台を観にいったことがあるが、観念的でムズカシクテ、よくわからなかった。

アクションスターのトップでありながら「何か」の違和感を抱く優作は、テレビの世界で向田邦子（「春が来た」）や早坂暁（「新事件～ドクターストップ～」）の作品と出会い、鈴木清順監督「陽炎座」に出演。この正体の摑みにくい映画に優作がどんなに燃えたことか。そして、森田芳光というキラキラした才能を持つヤンチャ坊主みたいな監督と出会い、「ピストルを箸に持ちかえる」といって、「家族ゲーム」が作られた。アクションスターは変貌していったのだ。「家族ゲーム」につづくモリタ・ユーサクコンビの第二作を誰もが期待した。でも半年が過ぎ、一年が過ぎようとしても企画がカタチになれないでいた。

私が優作と初めて出会ったのはこの頃だった。下北沢の酒場の暗がりで、私はあろうことか極めて失礼なことを言ってしまった。「あなたは此岸《リアル》から彼岸《アンリアル》へは行ったけれど、もういちど此岸へ戻ってこなくちゃ本当のいい役者じゃない」。

酔っぱらいではあったけれど、あのとき自分の言ってしまった言葉をよく覚えている。ひっぱたかれるかな、と一瞬恐怖したが、優作は怒らなかった。怒らないばかりか唇の端を歪めて綺麗に微笑《わら》ってみせた。その仕草は、優作が気に入ったフレーズに出合ったときに見せる表情であることを知るのは、もっと後になってからだ。

当時の私は脚本家と名乗ってはいたけれど、そう言いきれる自信など持てずにいた。職業欄を埋めるときは「無職」か「自由業」と書いて誤魔化していた。脚本家になりたいという意欲も執着もきわめて希薄だったし、自分を表現するなんて恥ずかしくてとてもイヤだった。生涯俳優であろうとした優作とはまるでちがう輩だった。

その原因は私の生まれ育ち。優作には「優作」が作られた下地があったように、私にも下地があった。私が育った家にはおとなしい母と、母の姉である伯母と伯父がいた。ふたりとも俳優（故・赤木蘭子と故・信欣三）だ。かなりいい俳優だったと思う。とりわけ伯母は天才的資質のある女優だったときかされたこともあったけれど、私が物心つくころから心（精神）を病みはじめていた。なんの前触れもなく理由もわからず（まわりにいるものには）、ガラス細工のような神経がひび割れ砕け散って、幼い私はその破片を浴びながら育っていった。女優という生きものが怖くて不気味で、できるものなら近寄りたくはなかった。

どこでどうやって道をまちがえたのか、あるいは「何か」に導かれたのか、私は女優と係わらなければならない脚本家になってしまった。本当はなりたくなどなかった。だからコンクールのようなものに参加したこともないし、初めて書いた脚本（アニメ「ドン・チャック物語」）も僅かなギャラとバーターだから書いたのだ。それなのにいつのまにか、病弱な母との暮らしを担うという要因はあったものの、脚本家になってしまった。

たぶん私が書くのは、自己表現のためではなく自己隠蔽なんだと思う。見付からないように、書くたびに自分を脱ぎ捨てていく。外から見れば大した変化などもないのかもしれないが。だからちょっとばかり売れて仕事の依頼がたくさんくると、それも居心地がわるくて、注文のいっさいをお断りして脚本家を辞めようとしたことが二回あった。その二回目の空白から迷い出てまもないころ、企画が見えない長いトンネルの中にいた優作と出会ったのだ。

一年以上も迷走していた森田監督のオリジナル企画が行きづまり、でも、どうあってもこの夜のうちに決着がつかなければ、モリタ・ユーサクコンビの次作は中止になる。優作には四ヶ月後から始まるコンサートツアーが決まっていたから。そんなギリギリの夜（包丁がとびかったとか、ピストル持ってこーい！と叫んだ奴がいたとか、伝説が囁かれた）、優作がポツリと言った。「次は、恋愛ものはどうだ」。それに応えて誰かが反射的に応えたという。「漱石の『それから』は？」。瞬間、その場にいた全員に鳥肌が立ったらしい。でも森田さんはもう脚本を書くエネルギーは無いという。優作がすぐに言った。「俺に心当たりがある」。そして私に電話をかけてきた。

あの夜は氷雨が降っていた。電話を受けたのは母で、外で友人と会っていた私に報《し》らせてくれた。

「あんたに会いたいんですって。急いでるみたい。マツダっていってたけど、あのユーサクさんじゃない？」。えッ。初めて会ったバーで二、三回位お酒を飲んではいたけど、まだ名のったこともなかったし、友人の店主はわざわざ紹介してくれるほどのお節介でも野暮な男でもない。なぜ急いで、私なんかに会いたいんだろう。

待ち合わせをした代沢の「45°」というレストラン・バーに、優作はひとりでやってきた。席に坐るなり言った。「仕事の話だ。モノは漱石の『それから』。森田が撮って、俺が出る」。本当に、それだけだった。優作の鋭いけれど不安気な双眸が私を見ている。心は動いたけれど、無理だと思った。すぐにも書かなくてはいけない仕事を頼まれている。

そう思いながらも私の脳裡スクリーンに、ヒロイン三千代が映画に登場する最初のシーンが浮かんできてしまった。それは漱石の原作にはないのだが、職を失くした夫が、かつての親友代助に金の無心にいったその帰りを待っているシーンだ。三千代はまだ密かに代助を想っていて――。うしろ姿の三千代は片方の足袋を脱ぎコハゼを繕っている。宿屋の仄暗い部屋で片方だけ裸足になった三千代が浮かんだとき、私はもう得体の知れない微熱にからめとられていたのかもしれない。

それでも迷っている私に優作は「映画だからって肩肘はらないでさ、ポップにいこうよポップに」と唇の端をあげてニヤリと笑った。「やってみようかな」と私が呟くと同時に優作は席を立ち、森田監督に電話をした。まだ携帯など一般的ではなくて、店にある電話からかけた。優作から手渡された受話器の向うから森田さんの元気な声が聞こえてくる。「ツツイさん。脚本、一週間で書いてね」「えッ……（思わず）せめて三週間」「ダメ。本当に時間がないんだ」。バナナの叩き売りみたいな押し問答のあげく、〆切は二週間後となった。初めてちゃんと書く映画脚本なのにたった二週間だなんて……。最後に森田さんは「がんばってね！」とエールを送ってくれた。まだ会ったこともない森田さんだけど。振り返ると優作はすでに席に戻って、あの指に両切り煙草をはさみ、めずらしく赤ワインなんか飲んでいた。

私は俳優とプライベートで付き合うことは滅多にしない。奇妙な俳優がふたりもいる家で育ったから、苦手なのだ。それでも優作とは二回だけ、ふたりで食事をした。お酒は通うバーが一緒だったから、同席したりすれ違ったりはしたけれど、食事は二回だけ。どちらも寿司屋だった。カウンターに坐れば顔を見合せて話さなくてすむからだ。優作はステーキとかイタリアンとか好みそうにみえるが、思いのほかさっぱり素朴なものを好いていた。

一回目の寿司は、NHK「ドラマ人間模様　追う男」が撮影されている大阪で食べた。その前日、スタッフから電話がかかってきて「優作と揉めている。このままじゃオレは降りる、ツツイさんを呼べ！と言われている」らしい。原因は聞かずとも推察できた。作品にこめる熱量の違いだ。優作は熱く、テレビドラマのスタッフたちの熱量がぬるいのだ。とりあえず大阪へ急いだ。推察した通りだった。私が不器用に取り成すと、優作はすぐに受け入れてくれた。面倒なことかもしれないが、この優作の揺さぶりのお陰でスタッフたちの熱量も上がっていったと思う。

このドラマは「それから」の次の年に作られた。まず出演を依頼した時のこと。プロデューサーも演出家も一緒にいるのに優作にビビっていて、私に交渉しろという。慣れない私が「出て」と頼んだ。優作は鋭い眼を向けて「ひとつだけ訊いてもいいか」と言う。皆、ドキッ。次に優作は煙草をふかしながらこう言った。「俺は主役なんだろうねぇ」。なんてウィットのあるヤツなのかと胸が熱くなった。

大阪へとんでいったその夜、ロイヤルホテルの寿司屋のカウンターに優作とふたりで並んだ。やや緊張して寿司をつまみながらも、私は改めて優作の指をまじまじと、そうとは気付かれないようにそっと、でもまじまじと見てしまった。不思議なゴム手袋みたいな指で慎ましくにぎり寿司を食べている。「蘇える金狼」のようでもあり、「家族ゲーム」の家庭教師のようでもあるオーラをまとって、静かに寿司をつまむ優作の指を見ているうちに、ふと、私の裡に奇妙な感覚がこみ上げてきた。

このヒト、もしかしたら、アンドロイドじゃないかしら。

アンドロイドというのは人間に似せて作られたロボット（人造人間）のこと。あのころにはまだAIなんてコトバも知られていなかったし、ロボットも未熟だった。人間にそっくりで、もしかしたら「人間のような感情」を持つかもしれないアンドロイドはSFの世界の住人だった。でも、ひょっとしたら、優作は――。そのころの雑誌に香港特集があって、夜景の写真に付けられたこんなキャッチフレーズを覚えている。「アンドロイドも泣き出しそうな夜景だ」。ユーサク・アンドロイド説は私のなかで少しずつ、確かなものになっていく。

「それから」が終わってじきのころ、こんなことを言われた。「ツツイさんの書くものなら何でも出る。但し、四年間だけね」。四年？　五年十年、二十年ならわかるけど。四年だなんて半端じゃない？　優作というのはそんな不安定なことを口走って、他者を惑わすのが好きだった。仕事選びにはうるさいと定評のある優作にそんなことを言われるのは嬉しかったけれど、いつもの揺さぶりジョークかなとも思った。後輩の役者をあの指でさしながら「お前は俺になれる」とか言っておだてて遊んでいたように。それなのに優作は約束を守ってしまった。ちょうど四年が過ぎたころ、優作は逝った。

彼が提案した「四年」までのあいだに、もう一本、映画「華の乱」で一緒に仕事をした。下北沢のバーでは幾度となく出会って、幾つものフレーズをもらった。それらの言葉（優作の思い）は今でも私を支え、励ましてくれる。たとえば、バーが混んできたので、ちょっと近くへ出ようといわれて、すぐ近くにある客もいない夜の定食屋みたいな店に入った。ビールを一本だけたのんだ。ふたりともビールはほとんど飲まないのに。二つのコップにビールを注いでくれて、「近ごろ、どうしてんの」ときかれて、「うん……相変わらずかな」と締まりのない答えを返した。優作は仕事選びにはとても厳しく気難しく、私はただの怠けもの。テレビなどの仕事をどれだけいただいても掛け持ちをしたことがないし、先の仕事も決めない。だってその一本を書き終えたら少しは違う自分になっていたいじゃないか。だから自分を脱ぎ捨てて、一本ずつ。そんな仕事のやり方をしていたら、いつ依頼が途絶えるか分からない。そう思いながら、一本ずつ。

優作はそんな私にこう言った。「ツッイさん。自分のからだと心の音に耳を澄ませて、自分の歩速で歩いていれば大丈夫。きっと大丈夫だ」。すぐに言葉を返せないくらい、優作らしい励ましが私の胸に届いた。さらに優作は、いつもの癖で、ちょっと唇の端を歪めながら愉しそうに言った。「俺もツッイさんもさ、見かけはちがうように思われてても、どん臭えんだよ、どっちもどん臭えんだよ」。めずらしく声を上げて笑っていた。

優作がいなくなってずいぶん長い時間が過ぎたけれど、私の中で優作は少しも変わることなく、励ましてくれる。優作が亡くなってしばらく経ったころ、彼のまわりに取り巻きのようにいた俳優のひとりから言われた。「もう優作さんは死んだんだから。僕たちの方へいらっしゃいよ」。この人は何を言ってるんだろう。生きてるとか死んでるとか、そんな些細なこと。大切なのは今でも私を刺激して、励ましてくれる存在であること。

こんな話をしたこともあった。私が役者のそばで育ったことを優作は知っていたから、役者と科白についてこう言った。「科白がまともに言えない役者がいくら練習したって無駄だ。そんな唇は切ってしまえ。そうすりゃわかる」。何がわかるかといえば、科白を具体的に生むのは解釈や理屈ではなく、クチビルという肉体である、ことがだ。

優作も私の伯母も役になるとき、細胞から変容する役者だった。伯父はまったくちがったが、伯母は戯曲（脚本）を一読するとあとはもう読まず、鎌倉彫りの丸い手鏡を持ちひたすら自分を映している。何時間どころか何日も。幼い私は近くの床に寝そべってそんな伯母を見ていた。伯母の大きな双眸は鏡に映した自分など見ていなくて、その向うの、私には得体の知れない「何か」を見つめていた。そうやって細胞を変容させていたにちがいない。たぶん優作も。

優作の風情が変わりはじめたのに気付いたのは、あと四ヶ月のころの夏だった。病気のことはまったく知らされていなかったから、痩せたのかな？　修行でもしてたのかな？　くちには出さず思いを巡らせた。静けさの気配が優作をつつみ、そして、私には優作の輪郭がわずかに白っぽく発光しているように見えたのだ。いいかげんではない。本当にそう見えて、まわりにいたひとにも伝えたし、うちに帰って母にも話した。理由はわからない。あとになって思い出すのだが、もうひとり、輪郭が透明っぽくなっているヒトを見たことがある。そのヒトについてはいずれ書こうと思っている。

いつも出会っていたバーの暗がりで、静かに白っぽく発光する優作を見ながら思った。「このヒトは、自然の四大元素（火、水、土、空気）につづく五つめの元素としての『人間』

になっていくのかもしれない」。

数ヶ月後、優作というヒトのカタチをした男（俳優）は消滅した。多くの役者やミュージシャンたちが優作の死を悼み、彼が大事に伝えようとした「何か」を受けとろうとしていたと思う。「だから、お前は何なんだ。何考えてんだよ」。そう言われて、自分を顧《かえり》みようとしていた連中も、やがて時間が過ぎるにつれて、そのエナジーを失っていったように感じる。

あんな強そうでときどき暴力的でさえあった優作が、なぜ呆気ないくらいの早さで逝ってしまったのか。もしかしたら病死は仮の姿で、私には必然（使命）を終えたアンドロイドが消滅したように思えてならないのだ。但し、解体消滅したユーサク・アンドロイドの粒子は自然のなかに溶けて五つめの元素となって、そうなっても唇の端を綺麗に歪めて微笑いながら、次の作戦（使命）を企んでいるかもしれない。生とか死とか、些細なボーダーなんか溶かして。

今でも寿司を食べていると、優作の気配を感じるときがある。ずいぶんと時間が過ぎたというのに、「思い出のあの人」的な懐古気分の柩に収まってくれないのだ。もう居ないのに居る、みたい。

「だから、お前は何なんだ。何考えてんだよ」。アンドロイドみたいな指でそばにいる誰かを指して、相手を挑発して楽しむ優作のくぐもった声が、今でも聞こえてくる。

深作欣二さんと「キムチ鍋」

あの深作欣二監督と一緒に仕事をするなんて、思ったことすらなかった。彼の代表作といえば、まず「仁義なき戦い」シリーズ、「蒲田行進曲」「火宅の人」「いつかギラギラする日」「バトル・ロワイアル」――等々、どれもエネルギッシュな六十本を越える映画作品を疾走するように撮りまくっている。

そんな監督と組み合わされ、理由《わけ》も分からないまま熱風の渦に巻き込まれるように脚本を書くことになってしまった。一九八八年公開の映画「華の乱」だ。でも私は、その渦のなかで上手に踊ることはできなかった。実力不足、技量不足に加えてエネルギー不足だったのが正直な自戒として残っている。でも、だって、あまりにも異質だったから。

作さん（深作監督は愛着をもって皆からそう呼ばれていて、私もそう呼んでいい、と言われた）らしさを思い浮かべるなら、リアルな暴力描写、激情に近い熱情《パッション》、行動派（「動け！動け！　動け！」）、生まれ育った茨城の百姓の血筋が持つ土への執着（憧憬？）、大きな声でよく喋り飲み食う体力。そして女に対しては、対等なんかではないという延長線上にある優しさ（可愛がる対象として、女をオナゴと呼ぶこともあった）。

どれもこれもきわめてチャーミングであったけれど、貧血気味の私にはとうていついていけないものばかりだった。そのついていけなさを食べものにしたのが、作さん手作りのキムチ鍋だ。私はキムチ鍋が好きではないのだが（素材の風味より、すべてがキムチの匂いと味に染まってしまうから）、作さんは大好物。仕方なく作さん手作りのキムチ鍋についていこうとした道のりが、作さんとの脚本作りの道のりでもあった。私にとってキムチ鍋は、かなりハードルの高いミッションだった。

深作組の「華の乱」の脚本を書いてみないかと、最初に声をかけてくれたのは岡田裕介プロデューサー（のち東映株式会社社会長）だった。裕介さんとは仕事をしたこともあるし、ほぼ同い年の友達でもあったから、「うーん。でも私、むかないいんじゃないかなぁ」「ええから。いっぺんフカサクと会ってみろ」と言われ、不安な気持を抱いたまま銀座東急ホテル（今はもう無い）のラウンジへと出かけて、深作監督と裕介さんと会った。

それまでに原作である永畑道子さんの小説「華の乱」と「夢のかけ橋」も読み、これを深作監督が撮ったら絶対賑やかな群像劇になるだろうなぁと思ったし、そもそもヒロインの与謝野晶子のバイタリティあふれる生き方には尻込みさえ感じていた。リアルな肉体を伴う強靭さを感受できないのだ。赤子のころから病気ばかりして、少女のころにはアンニュイな娘と呼ばれ、大人になってからもいつだって気怠くて。そんな私に晶子がヒロインのエネルギッシュな群像劇なんて書けっこない。そう思いながら待ち合わせのホテルへ出かけたのに、お二方のでっかい声と話術の巧みさに気圧されて、だらしなくも脚本を書くことになってしまった。

その夜食べたのがキムチ鍋でないことだけは確かだ。もしもいきなりのキムチ鍋だったら、私だってそこで踏みとどまり自分を取り戻せたかもしれないのに。でも取り戻せなかったし、何を食べたのかさえ、まるで覚えていない。裕介さんはお酒が飲めないし食べものにはからっきし興味がないから、たぶん監督と私と、誰か東映の方がいたかもしれないが、居酒屋にでも行ったのだろう。

こうしてささやかな不安を抱えながら脚本作りは始まった。

まず、銀座東急ホテルで、監督と一緒にカンヅメにされた。廊下のどん詰まりの、廊下をはさんだ二部屋が用意されていた。なぜそんな配置の部屋を選んだのか、すぐにわかった。監督のリクエストだったにちがいない。双方の部屋のドアを開け放てば、真ん中に廊下のある広めの部屋になる。一方の窓からもう一方の部屋の窓までの距離は、ゴルフのパターをするには絶好である。

作さん（このカンヅメの時から、そう呼んでいいぞ！の許可をもらった）は連日のようにパターでゴルフボールを転がしながら、双方の部屋を自由に行ったり来たりして、大きな声で打ち合わせらしきことを始めた。

驚いたのは、作さんが資料調べが大好きなこと。それをきちんと大学ノートに、一見豪放な作さんとは思えないくらい細く小さな字で、びっしり書き写していたこと。私は資料調べもメモることも苦手で、「覚えていることが大切なこと」などと言って通してきたが、作さんは違う。リアルを拾い集めるドキュメント精神がある。ヤクザ抗争のリアルな映画を何本も撮ってらしたのだから当たり前なのだろうが、ここでも私はついていけず、途方にくれた。ゴルフも、ゴルフにうつつをぬかす男も好きじゃないし。

一週間くらい、パターをしながらの大声（作さんだけ）ミーティングは続き、スクラップ&ビルドでいっこうにホンの行方はわからない。ぼんやりとわかってきたのは、作さんが作ろうとしている吉永小百合さん演じる与謝野晶子が、私には、どうも違和感があるということ。一方の作さんは、私が提案するものなんか温度が低いと感じていたと思う。

そうなのだ。主役の与謝野晶子は吉永小百合さんが演じることが決まっていたのだ。その理由は内容的なことよりも、その年の東映の社運をかけた一本だったからだろう。そんな大きな作品の脚本に私など起用するなんて、岡田Ｐ（プロデューサー）も、それに合意した作さんもトンマだったと思う。

カンヅメになって何日目だったか、作さんが好きな韓国料理の店につれていかれた。「ここは旨いぞ！　旨いだろ！」と、何皿もオーダーして、どれにも真っ赤な唐辛子粉をどっさり振りかけた。

やたら辛いものがお好きだった。とりわけ唐辛子系の。料理にも刺激的なパッションを求めていたのだろうか。いや、そうではなくて、パッションにややマヒしてらしたのかもしれない。六本木にある高くて有名な和食店に行った時には、おみそ汁に大さじ二杯位の唐辛子粉を入れたこともあって、「お店に失礼だからやめてください」と言ったら、「これが旨いのだ!!」と言ってゴクゴクと本当に旨そうに飲んでみせたこともあった。作さんは大人気《おとなげ》ないところもおありだった。そして料理の最後にキムチ鍋が運ばれてきた。まさかこの夜のキムチ鍋が、恐怖の作さん手作りキムチ鍋につながっていくとは思いもしなかった。

作さんとの思い出の中にはこんなこともあった。閉鎖的なホテルでの大声打ち合わせに疲れ果てた私は、自分用の部屋のベッドに横たわり、ひとりで微かに息を弾ませていた。ドアがノックされたのでそっと開けると、シャワーを浴びたらしい作さんが、ホテル備え付けのぶ厚い白タオル地のバスローブ姿でCDを手にやってきた。そのころ作さんが愛聴していた井上陽水の「ジェラシー」だ。デッキに入れると、一緒に歌い出した。ちょっとだけ調子っ外れのダミ声で。

そしていきなりこう言った。「ツツイくん。きみはワンピースを重ね着する女のココロが分るか」。は？　陽水の歌詞にある「ワンピースを重ね着する君の心は　不思議な世界をさまよい歩いていたんだ……ジェラシー……」からの引用だ。私がムッとして「分るわけないじゃないですか。私はワンピースを重ね着しませんから」。すると作さんは再び調子っ外れのやや高い声で、「ジェラシー……ジェラシー……」と口ずさみ、「ふっふっふっ」と不敵にも笑ってみせたのだ。

そうか！　私は忘れていたが、作さんはそのころスキャンダルにもなった美人女優との不倫恋愛のまっ最中で、自身が「火宅の人」だった。「華の乱」には彼女も出演するので、彼女がダンスをするシーンのために、「ボクがダンスの手ほどきをしたのですよ」と自慢していたっけ。でも、その彼女は京都で撮影中。会えない思いをこめて、「ジェラシー」を歌ったのだ。身勝手な男だが、なぜか嫌いになれないのが作さんの魅力だった。

ホン作りの場はホテルから私のマンションの部屋になった。

最初に裕介さんから電話があったその数ヶ月前に私は母を亡くして、ひとり住まいだった。ホン作りの場としては最適だ。台所もあるし陽あたりもいいし静かで清潔だし。

作さんが初めてうちへ来た時はちょっと緊張した。それほど親しくもない殿方とふたりきりで、ホンを作っていくために自分の体験や感情をあらわにし合うのだから。作さんもいつもより少しばかりお澄まし顔でやってきて、手にした紙袋を差し出した。「お土産です」「何ですか？」「キムチ鍋の材料が入っとる。あとで作ってあげよう。ボクのキムチ鍋は旨いぞー」。

悪夢の始まりだった。作さんは約束通り、来るたびにキムチ鍋の材料が入った紙袋を持参することになる。私は最初の時からキムチ鍋を作るのは止めてほしいとお願いした筈なのに。まったく好物ではないし、なにより部屋中に匂いが残ってしまうから。でも無視された。本気で怒って、「今度キムチを持ってきたら、部屋には入れませんから！」というと、次の時は手ぶらでやってきた。ホッとして仕事をして夜が近づくと、作さんがそっと玄関から出て行く。買物かしら?と、見送った途端、作さんが戻ってきた。手には禁止した筈の紙袋をぶら下げて「ふっふっ」と不敵に笑っている。ドアの外の廊下に隠していたのだ。

吉永小百合さん以外の配役も決まりつつあった。夫の与謝野鉄幹に緒形拳さん。大杉栄に風間杜夫さん。伊藤野枝に石田えりさん。松井須磨子に松坂慶子さん。島村抱月に蟹江敬三さん——他にもいっぱい。そして有島武郎役に松田優作が決まった。とても意外なことに、作さんと優作が一緒に仕事をするのはこの時が最初だった。

次々決まっていく濃くて個性的で素敵なキャストに、私の気持が弾んだかといえば、むしろひっそりと沈んでいった。たとえば鍋でいうなら、私は寄せ鍋が大の苦手なのだ。いろんな具材を各々ちゃんと感じるなんてむずかしくて、鍋の具材は二種類までと決めている。アサリと大根、ホタルイカと田芹《たぜり》、豚とほうれん草、めかじきと下仁田ネギ、昆布出汁に絹とうふだけでもいい。ゴージャスな寄せ鍋が苦手なように、豪華なキャストは私なんかに向かなそうだ。

そんな私の弱気に気付くこともなく、作さんはうちでもパターをつづけながら、大きなダミ声で思いついたことを宣《のたま》う。「〇〇（役名）は殺せ！　殺せ！　△△はどうする？　あいつも殺《や》っちまうか?!」とか。マンションの小さな庭の向うには家が建っていて、その家の開け放たれていた窓がピシャッと音を立てて閉められたこともあった。

夜も更けて、近くの居酒屋へ出向いたときのこと。静かな住宅街の小道を歩いていると、いきなり庭の暗がりから犬が吠えた。すかさず作さんは垣根越しの犬に大声で言った。「うるしゃい！　オレはフカサクだぞ！」。犬にも対等な作さんを、私はカッコいいと思った。

キムチ鍋と共にスクラップ&ビルドのホン作りは続き、どうにか終りに近付いたころ、深夜になっても作さんはいっこうに帰ろうとしない。私は疲れ果てて「帰ってください！」と懇願した。それでも作さんは帰りたがらない。

理由はもちろん「火宅の人」だから。でも、ただそれだけの理由ではなく、作さんはずっと映画作りを続けていたいのだ。私みたいな頼りない相手でも、映画作りの熱情のなかで火照っていたいのだ。松田優作がそうであったように。映画作りという玩具箱《オモチャ》から出たくないのだ。その桁外れの熱量にはスタッフ達だってついていけない。だから「華の乱」で、ハーレーダビッドソンに跨がり、心中する女をサイドカーに乗っけて疾走する有島武郎役を演じた優作と作さんはすごく気が合っていた。

どうにか第一稿らしきモノが出来上がり、直しの場は京都になる。私はそこには参加しなくていいという堅い約束を、裕介さんと交している。作さんが大好きな京都に行ったら、大声の打ち合わせだけじゃなく、夜ごとの酒盛りで私の心身は破滅するだろう。破滅したっていいのだけれど、せめてスタティックに壊れていきたい。

それから約五年後、あんなに強靭そうな作さんの体から癌細胞が発見された（私は後になって知った）。そのことによって、作さんのなかで何かが変容していったのかもしれない。

今回の原稿を書くにあたって、作さんの作品年表をリサーチした。癌を抱くことになった作さんは、初めてドキュメンタリー（TV）「20世紀末黙示録　もの食う人びと（辺見庸原作）」を撮った。その企画を進めていたころの作さんと会う機会があった。作さんは相変らずエネルギッシュな大きな声で「もの食う人びと」への思いを熱く語ってくれた。私はまだ癌のことを知らなかったけれど。

たぶん、作さんが持っているプリミティブな土への執着と憧憬が、このドキュメンタリーで、原発事故で汚染されたままだと分りながらも、故郷チェルノブイリの大地に戻ってきた人たち「サマショール（自主帰還者――作さんは『強情な人々』と呼んでいた）」への共感に駆り立てたのだと思う。

そして最後の映画になる「バトル・ロワイアル」へと向う。私はこの映画をあまり好きにはなれないのだが、今思うと、すごく作さんらしい選択だった。もういちど、作さんの根源にある暴力的なるもの（戦後の焼跡体験）と、初めて出会う若者たち（四十二人の中学生）を相手に据えて、自分自身と対峙したかったのだ。ケリなんかつかないことは作さんがいちばんよく知っている。

「バトル・ロワイアル」は大ヒット。パートⅡまで漕ぎつけて、モルヒネのパッチを付けながら撮影を開始したのだが、ほどなく入院。作さんは現場に戻ることなく逝ってしまった。

熱く激しく、疾走するように映画を撮り続けた作さん。一緒に仕事ができたあのころにはついていけなかったけれど、今なら、作さん手作りのキムチ鍋を頬ばりながら、熱くて大きなダミ声を浴びても、私らしい気怠さと冷めた情熱で受けとめて、もっとエキサイティングで愉快なホン作りができたかもしれない。素敵な才能と出会い、別れを経験するたび、いつだって胸の奥が疼くような恥ずかしさに打ちのめされてしまう。

北林谷栄さんと「宅配ピザ」

北林谷栄さんといえば、若いころから老け役を得意とする、主に舞台の名女優だった。実際の老け（八十代）になったとき、映画「大誘拐」の主役バアさんを演じて、日本アカデミー賞やキネマ旬報賞などいっぱいの主演女優賞に輝いた。そんな北林さんを初めて見たとき、私の眼玉はまだ赤ん坊だった。たぶん一歳と数ヶ月位。

私が生まれ育った家には母の他に、ふたりの俳優がいた。伯父が信欣三、伯母は赤木蘭子（母の姉）。その赤木と北林さんが、女優を志す娘時代からの仲よしだったのだ。赤木はまだ十七歳、北林さんも二十歳を少し過ぎたばかり。赤木は神田の貧乏建具職人の娘で、北林さんは銀座にあった当時東京で三大洋酒問屋といわれた「大野屋」の娘。ずいぶん境遇はちがうけれど、ふたりとも江戸っ子らしい負けん気とまっつぐな気性で気が合ったのだと思う。

昭和十年代になり時代がキナ臭さを増していくと、ふたりの女優娘はあたりまえのように、弾圧や戦争を正当化する国家に対して初々しい憤りを抱くようになっていった。同じように若かった俳優仲間の宇野重吉や信欣三たちと小さな劇団を作り、御国万歳の押しつけ芝居を拒否するのではなく（そんなことをすればすぐに潰される）、そんな芝居をしながらでも移動演劇の巡業を続けていた。

若い彼等彼女等には秘かな企みがあった。国家が差し出す芝居をやったとしても、同じ科白であったとしても、その言い方で、役者の主体によって意味を変えることができる。「万歳！」を心酔して言うか、口惜しさと哀しみを込めて言うかでは、客に伝わるものはまるでちがってくる。そんな反骨を抱いて、若い北林さんもみんなも、熱い青春の日々を過ごしていたのだろう。

北林さんと赤木はまだ戦争が始まる前の娘時代、あまりにもお金がなくて（北林さんの「大野屋」はその頃には銀行に買収され、赤木はもともと貧乏職人の娘）、ふたりで考えて、当時神田橋のあたりに開店したお酒も供する喫茶店でマネキンみたいなアルバイトをした。入り口ドアのそばでメイド姿になって立ち、客に愛想を振りまくのが仕事なのに、それがイヤで、二人して腕ぐみして笑みも見せず、じっと客たちを睨んでいたらしい。たった五日でクビになり、バイト代は一銭ももらえずチンチン電車代だけ損をしたと、ふたりから聞いたことがある。

そのころソビエト映画「人生案内」が封切られて、娘ふたりは感激して、移動演劇で旅に出ると、その映画の主題歌をふたりで大きな声で歌ったという。

♪おいらは子ども、ちいさい時から見捨てられ、投げ出され、おいらはみなし子〜〜

そして赤木は酔って大きな眼からポロンポロンと涙を流し、北林さんは二、三杯で眠くなり、広間に積み上げられたセンベイ蒲団の山によじのぼって眠ってしまった——そんな描写が北林さんの著書「蓮以子《れいこ》八〇歳」（本名が蓮以子）に書かれている。

同書の中に、北林さんが生まれ育った一九一〇年代の銀座の様子がいきいきと描かれているので拾い書きしてみる。

「～一丁目から八丁目まで赤い煉瓦の舗道でかためられていた。（中略）黒い瓦屋根の商家に大正風西洋館が交じるこの散歩道（中略）のまんなかには車道が通っている。たしか緑色の電車が、チンチンと紐つきのベルを鳴らしながら、柳の木陰を見え隠れに走っていた」

北林さんの実家「大野屋」は、そんな銀座界隈でもとりわけバタくさい地帯（くだものの千疋屋やリグレイ・チューインガムの日本代理店、洋館の資生堂などが立ち並んでいた）にあって、店内は広くて運搬用のトロッコが通じていたらしい。夏の夜には表通りに虫売りの屋台が来て、青と白の市松模様の涼しげな屋根の下で松虫、鈴虫、がちゃがちゃなどがいっせいに声をたてていた。

実はこの「大野屋」の近くに、私の伯父である信の実家もあった。今の「ＧＩＮＺＡ　ＳＩＸ（旧・松坂屋）」の銀座通りをはさんだ向かいで、店名を「函館屋」という東京で最初のアイスクリームと氷を売る店であると同時に、店の奥の扉を開けるとその先が、かなり広いワインバーになっていた。信の祖父が榎本武揚に借金をして明治九年に開店した、たぶん東京で最初のワインバーでありショットバーのはしりでもあった。

洋酒問屋とワインを売る店。おまけに北林さんと信はほぼ同じ年で、当時の銀座にあった同じ幼稚園に通っていた。すでに大正時代だし銀座でもあるから園児たちは洋装なのに、信だけが痩せっぽちの着物姿で胸あて付きの白いエプロンをかけて、腰のうしろで蝶結びにしていて、「シッちゃん（信のこと）、気っもちわるかったなぁ」と、北林さんが笑いながら話してくれたことがあった。この信欣三という、やがて俳優になり、あきれるくらいのお洒落で超呑んべエになっていく男のことはいつか書こうと思っている。

私が二歳を過ぎたころ、北林さんが赤ちゃんをつれて我が家へやってきた。長男の朝生《あさお》ちゃん（通称アチャ坊）だ。私より一歳年下で、私は初めて彼を見たときから、このメチャ可愛い弟みたいな生きものに魅了された。

ヨチヨチ歩きができるようになったアチャ坊を我が家にあった桜材の姫鏡台の前に坐らせて、私も背後から同じ鏡に映りながら、アチャの前髪を櫛で梳《と》かしてあげるのが大好きなひとときだった。北林さんも赤木も同じ「民藝」という劇団に所属していて、旅公演になると、アチャ坊をうちで預ることがあった。うちにはおとなしくて家庭的な私の母がいるので安心だったにちがいない。私たちは小さな体を寄せ合ってひとつの蒲団に潜ったり、お絵かきやお人形遊びをしたり。

傍から見れば幸福な子供時代に見えるだろうが、ふたりの幼な子はそこはかとない不安を抱いていた。

北林さんはアチャ坊が生まれるとじき離婚してふたりぽっちの母子家庭だったたし、赤木は神経を病み別人のようになることも多くなっていた。

私はアチャのお姉さんになりたかったけれど、アチャには本当の姉がいた筈だった。三歳になったその女の子は、沸かしたばかりの風呂の熱湯に落ちて亡くなってしまったのだ。北林さんが報らせを受けたのは映画の地方ロケで化粧をしている時だった。

「ねえ、ともみちゃん。私がそのとき、どんなことをしたと思う？」

今から約二十年前、私が拙著「女優」を書くために北林さんに取材をさせてもらった時のことだ。実はその一件については、私がまだ学生のころから赤木や母からも聞かされていた。だから取材のなかでそんな悲しいことをきくつもりはなかったのに、北林さんから話し出した。

「私《アタシ》はね、ただ部屋んなかを歩きまわったあと、そばにあった手鏡をつかんだの。こうやって、つかんだ鏡に自分の顔を映したの」

身振り手振りでやってみせてくれる北林さんはすごい迫力で、その後を知っていても心臓が止まりそうだった。

「見て確かめたかったのよ。人間ってこんな時、どんな顔をするのか」

驚愕と悲しみにうちのめされながらも、女優としての本能がそうさせたのだと、北林さんは言った。この件については、北林さんの著書にも書かれている。ただ手鏡ではなく、化粧鏡台に掛けられている布をめくり上げたとなっているが。どちらの鏡であれ、北林さんはその時の自分の顔を脳裡に刻みつけ、女優の仕事の糧にしていったのだ。

このときの取材のテーマは、女優の本質についてとか、役と女優自身のボーダーについてとか、かなりややこしい質問を投げかけるものだった。私は北林さんや赤木をはじめとして幾人もの個性的な女優を見て育ってきたので、女優というものはきわめてヘンな生きものだと思っている。今ではめっきり少なくなってしまった本質的な女優のことで、CMやバラエティ番組で忙しいタレント女優のことではない。もはや絶滅危惧種でさえある、美しくも奇怪な女優のことである。この本質的女優にはなりたくてなれるものではない。そう生まれついてしまったある種の女という生きものが、人生という大河に流されたり飛び込んだり溺れたりプカプカしながらなってしまうものだと、私は認識している。男優ならばなりたくてなろうと努力して、幸運にもなっていくことができるだろうが、本物の女優はそうはいかない。

北林さんを本物の女優にしたものは何だったのか。私は彼女が生まれつき持っていた「目玉」だと思う。

そのことを発見したのが取材でのやりとりであり、北林さんの二冊の著書を読み直したことだった。この数時間の取材は、一冊の女優についての本が出来てしまうくらい濃密だった。そんな取材の合間でも小腹はすいてきて、「ねぇ、ともみちゃん、お腹すいてこない？　何か食べようよ」と言われ、私は反射的に北林さんのお宅へ向かう道すがらに目星を付けておいた蕎麦屋と小さな寿司屋を思いうかべた。でも北林さんはおもむろにテーブルの下から大きなメニューらしきものを取り出すと、「ピッツァはどう？　宅配してくれるし存外おいしいの」。すでに電話機のダイヤルを回し始めていて、「何がいい？」ときかれたが、私には宅配ピザの経験がなく北林さんにお任せした。

とても大きな、お盆くらいはあるピザが届けられた。何の具材だったのかまるで覚えていないけれど、すでに九十歳近い北林さんがお喋りを続けながらも、ビロ～ンとチーズをのばしておいしそうに食べる姿は鮮明に覚えている。

そして、北林さんという女優と目玉について。北林さんの生家である銀座の洋酒問屋には、実にいろんな人が出入りしていた。まだヨチヨチ歩きのころから、そんな人々を眺めるのがワクワクして大好きだったという。目玉のレコちゃんと呼ばれた大きな目を精いっぱい見開いて、息をつめるぐらいの熱心さで人々を世界を見つめていた。

やがて長じて女優志願の娘になり、そんな彼女の心の師匠であった作家・久保《くぼ》栄《さかえ》からこんな言葉をもらった。「生活印象は俳優の武器庫だ」。自分の目玉で見て、凝視して、そこで心に刻んだものが俳優としての武器になる。だからまず、対象を見るしっかりした目玉を持つこと。北林さんは生涯この言葉を大切に抱きしめて女優をつづけた。

百歳に近い人生を終えるまで、北林さんは役を作るために、その人物が体験してきたであろう（戯曲や脚本の中の人物であっても）土地や歴史を自分の目玉で見て武器庫に仕舞うために、ずいぶんと旅をしてきた。

役を演じるとき、ホンに書かれたとおりのことをするのではなく、感情に支配されるのでもなく、もっと確かなその役についての具体を手に入れるために旅をした。若いときから老女役を得意としてきて、そのための衣装も自分で探して本物を手に入れた。漁村でも農村でもそこに出向き、貧しい暮らしをたくましく生きる女たちに近づき混じり合い、その一人を呉服屋へつれていって新しい着物を買わせてもらって、脱いだ生活臭の染みついたボロ服を宝物として持ち帰ることもあった。

方言も、方言指導の専門家に頼るのではなく、その土地へ行って生の声から学んだという。「女優かぁ。女優は嫌いだなぁ」なんて、伝法な口調で言ってらしたが、女優という仕事を大いに楽しんでいたと思う。なによりも人間が好きだったから、目玉を凝らして人間を見るのが大好きだったから。

取材も終わりかけたころ、北林さんがこんなことを言った。「ねぇ、ともみちゃん。キンさんギンさん、書いてみない？」。え？　すぐには何のことかわからなかった私の前で、北林さんは腰を曲げるように小さくなると、やや甲高い声をあげた。「キンは百歳！　ギンも百歳！」。あぁ、あのキンさんギンさんか。元気な百歳宣言を売り文句に、バブル末期からの九〇年代、国民的人気者になった双子の老嬢だ。

「ありゃ面白いよ。とぼけたふりして世の中をナナメに見て、笑い飛ばして、言いたい放題言って。あのふたりをホン（脚本）に書いてみない？」

私は即答できなかった。面白い存在だとは思ったけれど、自分にはあまり合いそうにない。小さな老雛人形みたいなふたりもとりたてて好きではなかったし。それを取り巻くマスコミはさらに好きではなかったし。でも北林さんはのっていて「アタシがキンで、ギンはピン子（泉）を口説くから。あのコ、アタシのいうことならきいてくれるから」。そのキャスティングも面白そうだけど……。ずばぬけたモダニズム精神と知性の持ち主である北林さんとキンさんギンさん（ピン子）が、私の中ではうまく溶け合わなかったのだ。今ならなんとか書けるかもしれないが、あのころの私は自分の魂が入っていける世界（人物）でないとちゃんと書けない、というより、ヘタッピィそのものだった。だから北林さんの期待する反応をお返しすることはできなかった。

この北林さんのキンさんギンさんの話を、樹木希林さんになんとなく話したことがあった。電話だったけれど、希林さんがとても興味を示した気配が受話器から伝わってきた。「あの北林さんがキンさんギンさん？　ピン子と?!」。希林さんも若いときから老け役が得意だったから、北林さんは気になる先輩であったと思う。希林さんは北林さん主演の映画「大誘拐」にも出演していたし。希林さんはキンさんギンさんをひとしきり面白がったあとでこう言った。「ねぇ、ツツイさん。あの女に興味ない？」。あの女？「ホラ、夫や付き合ってた男たち、みんなジィさんばっかり次々殺した女がいたじゃない。青酸カリで」。そんな事件あったかもしれないな、と思い出していると、「いい年して（当時、犯人の女は七十歳くらい）、目の上にブルーのアイシャドウをべったり塗っちゃって。あの女、やってみたいの」。北林さんと同じように、ずばぬけたモダニズム精神と知性知力の持ち主である希林さんも、ブルーのアイシャドウの婆さんをやってみたいのか。私は北林さんのキンさんギンさんの話を聞いた時と同じような、不思議な気分になった。やっぱり女優はヘンな生きものだ。

北林さんともういちど一緒に食べられるなら、やっぱり宅配ピザがいい。ビロ～ンとチーズをのばしながら、女優という奇怪な生きものをめぐるエピソードのつづきも聞いてみたい。取材の最後で、私が発した愚問。「女優と役の人物が一体化するときってありますか？

そのボーダーが溶けてしまうようなときって」。北林さんは紫煙をくゆらせながら即座に応えてくれた。「ないね。女優と役の人物は、右手と左手みたいなもんだから。いくら合わせてギューッとしたって、ひとつにはなりゃしないね」。

久世光彦さんと「ビーフステーキ」

久世さんとふたりだけで食事をしたのは一度きりだった。久世演出で私が脚本を書いたテレビドラマは七本あるけれど、食事は一度だけ。

久世さんはお酒が飲めない下戸で、甘いものが大好物。一方の私はお酒は得意だが甘いもの、とりわけお洒落系の洋菓子は苦手。久世さんはひと昔前の学食の定番だった黄色くて薄い糊のようなカレーライスでも、一杯ののびたかけそばでも結構。私はカレーでも一杯のかけそばでも、「これだ!」と思える一食を求めるためならどこへでも行くし、まず自分で作ろうとする。そんな私を見て久世さんは呆れたように言った。「食べることがそんなにいいかねぇ。ワタシなんぞ、食うことより女の方がよっぽど……」。

その一度きりの食事は、久世さんと初めて一緒に仕事をすることになり、そのための顔合わせのようなものだった。当時私が棲んでいた西麻布のマンションのすぐ近くの路地にある、小さなフレンチレストランまで来てくれた。

当日の久世さんはノーアイロンの白いオックスフォード地のシャツに白い細畝《ほそうね》のコーデュロイパンツ。すでに秋も深まり肌寒い夕暮れであったにもかかわらず、素足に白いズックのような布靴を履いていた。お洒落さんだなぁと思いながら、もうお若くもないのに冷えたりしないのかしらと心配などしてしまった。

「ワタシはお酒を嗜みませんが、あなた飲みたければどーぞ」と言われたから、「じゃあ、ワインいただきます」と応えて、白から赤までちゃんと飲んだことを覚えている。メインはわかりやすくビーフステーキだった。私が「ヒレで。レアに近いミディアムレアでおねがいします」と注文すると、久世さんは少し声を大きくして「ワタシはサーロインでウェルダン。よーく焼いてちょーだい。草鞋《わらじ》ぐらいよーく焼いて」と注文した。その草鞋ステーキが運ばれてくると久世さんは、入れ歯らしき口もとをフガフガモゴモゴさせながらおいしそうに食べ始めた。私はレアに近いやわらかなヒレステーキをいただきながら、草鞋まで焼かないでせめてソックスくらいの固さにしておけばよかったのに、と、お節介なことを考えたりしたが口には出さなかった。

このあとで書いた脚本が「怪談・花屋敷」。久世さんと初めて組むオリジナルのテレビドラマだ。時代は昭和の戦前から始まる。池上本門寺に近い古びた家に住む母と二人の娘の、数十年にわたる怖くて切ない物語。母役は久世ドラマ常連の加藤治子さん、娘は田中裕子さんと松田美由紀さん。この美しい三人の女にひかれて男たちがやってくる。でも、彼等を愛し体を交えてしまった時、母娘の正体は明らかになる。な、なんと彼女たちは紅グモの化身なのだ。愛しい男を抱き抱かれながら、眼の底が紅く染まるような交わりが終ると、その正体を見てしまった男たちに、「そんないけないおめめは縫ってしまいますよ」と囁いて、男たちの眼を紅い糸と針で縫い合わせてしまう。そしておめめを縫われた愛しい男たちの首は花屋敷の地下室に封印されて……。

怖くて美しい幾本もの死の糸で織りあげたような作品で、久世さんと組んだドラマの中でも私はとりわけ好きだ。私の裡に潜む何かを、こんなにちゃんと受けとめてくれる男の演出家のいることがすごく嬉しかった。演出家は変態を内包していなくてはつまらない。

一九七七年からTBSで放映された「ムー」や「ムー一族」を見て以来の久世ファンだった私は、一緒に仕事ができるようになるなんて思ってもいなかったから、声をかけてもらったときはすごく嬉しくて、撮影中のスタジオにもたしか二、三回行ってしまった。通常、現場には行かないのだけれど（俳優がふたりもいる家に育ったので、生身の俳優に近づくのが照れくさいのだ）、久世演出なのでそっと覗きにいった。面白かった。

まずトップシーン。仄暗い照明の座敷に二組の蒲団が敷かれていて、少女（八歳と六歳）の田中裕子と松田美由紀が蒲団の中にいる。傍らには美しい着物姿の母（三十代）である加藤治子さんがいて、娘たちにせがまれて怖ーいお話の本を読みきかせている。「シトシトく〵つめたい雨が降る夜ふけ、旅のお坊さんがひとりトボトボと歩いていました。すると闇の向うにポッンと灯りが見えてきて……」。怖ーいお話を予感した娘たちは蒲団の衿をつかんで眼の下まで引きあげて怯えている。

私の傍らにいたスタッフのひとりが「あのふたりが子供に見えるか？　ヘンだよ」と呟いている。たしかに裕子さんは三十代だし美由紀もじき三十だ。治子さんだってだいぶお歳を召している。

休憩になったので、久世さんに思いきってきいてみた。「裕子さんも美由紀もそのまんまですけど、子供の設定ですよね？　見えますかね、子供に」。久世さんはチェーンスモークの紫煙を吐きながらコトもなげに言った。「ヘンだっていいの。大丈夫。演《や》っちゃえばいいの。そう見えてくるから」。ええッ。びっくりしたけれど、すぐに「いい！　久世さんっていい！」と思った。女優たちにメイクも加えず、髪を三つ編みにだけして、長い時間《とき》をとびこえていくなんて。シュールだ。シュールな怪談だ。

ドラマは三十年を経て、さらに三十幾年後のラストでは、百歳に近くなった母（白髪の治子さん）が蒲団に横たわり、七十代の娘たちに看とられながら滅んでいく。折しも雛の節句の宵で、古びた屋敷に春の嵐のような夜風が吹き荒れ、緋毛氈《ひもうせん》の雛段から男雛が落ちて首が転がり、桜花が舞う廊下を無人の車椅子（姉が使っていた設定）がゆっくりとすすんでいく。その座面には三匹の紅グモがいて、廊下の向うの開かずの間へと消えていく。そしてその秘密の地下室には、おめめを縫われた男たちの首が飾られていて――。

首は、その役を演じた男優たち（根津甚八さんとか四谷シモンさんとか）が特殊メイクをして、首だけで演じてくれた。面白かった。

それからあと、久世さんと組むドラマの打ち合わせをするのはたいてい旧・赤坂プリンスホテルにあった喫茶店「ナポレオン」になった。夜にはバーになるこの昭和初期の面影を残す喫茶店が、久世さんの大のお気に入りだったから。

ふつうの四角いテーブル席に向かい合って坐ることもあったけれど、ゆったりとした革張りのソファと椅子が置かれた席のこともあった。その大きめの椅子だと私の体は沈みこんでしまう。ソファの真ん中あたりで素足ズックの足を組み、拡げた両手をソファの肩の上にのばしている久世さんとの距離はとても遠い。焦茶色のテーブルの上には、久世さん愛煙の両切りピースの入った青い丸缶とまっ白い紙と先の尖った鉛筆が二、三本だけ。資料の類いなど一切ない。

すぐに打ち合わせが始まるわけではない。たわいもない雑談が始まる。久世さんのおちょぼ口からたらたらと紡ぎ出されるこの雑談が面白くてたまらない。ここにはとても書けないような内緒話や噂話を教えてくれたり、戦前戦後のよき昭和であった頃の話をしてくれたり。ピースが三本くらいもみ消されたころようやく、「さーて、どんなドラマを作ろうか。どんな役者でいこうか」と久世さんが言う。それをタイミングに私は沈みこんでいた革張り椅子から体を起こし、テーブルに近づく。テーブルが低いので、椅子には浅く腰を降ろす。久世さんも組んでいた足をほどき身をのり出す。

それぞれが思いつくフレーズや言葉や役者の名前をまっさらな紙に書いていく。書くのはたいてい久世さん。字を書くのがお好きなのだ。先の尖った鉛筆で、両切りピースをくゆらせながら。でも話はすぐ脱線して与太話になってしまうから、鉛筆は字を書くよりグルグルの渦まきになったり、グシャグシャの斜めの線になってしまう。可能性にあふれていた筈の白い紙がほぼ黒く塗り潰されたころ、作られるドラマの輪郭もぼんやり見えてきて、窓から射し込んでいた茜色の陽ざしもとっぷりと暮れてきて、打ち合わせはお開きとなる。

今になって思えば、なんて贅沢な時間だったろう。演出家と脚本家がふたりきりでゼロからドラマを作っていけるなんて。視聴率にもスポンサーにも役者にも忖度なしで。今のテレビ界ではありえないだろう。もしかしたら久世さんは、演出家だけじゃなく制作会社のボスでもあったから何らかの責務や面倒があったのかもしれないが、そんな雑事を脚本家には寄せつけず、少しでも面白いホンを書くことに集中させてくれた。

久世さんは手下たち（制作会社「カノックス」の社員スタッフ）にとても好かれていた。演出家としての久世さんへの尊敬は大いにあるのだけれど、ちょっといじってみたい気持にさせる隙（チャーム）があった。

たとえば久世さんを慕っていたチーフ助監督のTくん。私が脚本を書いたドラマの収録中にTから連絡が入った。「差し入れに来てくれるなら、固ーい田舎パンを持ってきてよ。ドイツのパンみたいな」。そのとき差し入れに行く予定はなかったけれど、行くことにした。おいしそうで大きな固ーい田舎パンを抱えて。Tによれば久世さんの大好物なのだと。

Tやアシスタント・プロデューサーの女の子がクスクス笑いながら田舎パンを切って皿にのせ、サブ室で演出をしている久世さんのそばに置く。ドラマの収録というのはスムーズにはいかず、待ち時間が多い。久世さんは田舎パンに気付くとさっそくひと切れ取って口に入れた。フガフガモゴモゴ、口を動かしている。Tたちはそれを見て楽しそうに私に言う。「なんで久世（自分達の会社のボスなので呼び捨て。他への礼儀として）はあんな合わない入れ歯をいつまでもしてるんだろう。作り直せばいいのに。ね、ツツイさんからきいてみてよ」「（ギョッ）なんで私がそんなことをきかなきゃいけないの？」「だってツツイさんじゃなきゃきけないもん」。

彼等の理屈がわからないまま、私は田舎パンを頰ばる久世さんのそばへいってきいてみた。「久世さん。あの……入れ歯が合っていないようですが、作り直したりしないんですか?」。いきなり怒られるかと覚悟したが、久世さんは全然怒らず「そうなんだよぉ」とくぐもった声で教えてくれた。「TBSに入社した時にはすでに入れ歯でこんなだったんだ。ボクの歯茎はひとより薄く出来ていて、どんな入れ歯にしてもフガフガして外れやすいんだよ」。

あッ……と思った。同じ歯茎のひとを知っている。私の伯父で俳優だった信欣三だ。久世ドラマに出たこともある。その伯父も久世さんに似て細面で歯茎が薄くて、どんな入れ歯を作ってもフガフガしていて、俳優なのに科白が聞きづらいときもあったし、篠田正浩監督の映画に出演して八丈島へロケに出かけたとき、船着場で降りようとしてユラッと揺れた途端、入れ歯を海に落としたこともある。歯茎が薄い人の入れ歯は外れやすいのだ。久世さんと伯父が同じフガフガの原因の持ち主だったなんて。私は気付かなかった自分の鈍感がはずかしかった。それ以来、久世さんのフガフガを目にするたび、私の胸は痛むようになった。

久世さんが逝って十三回忌も過ぎてしまった。久世さんとドラマを作っていたなんて、ついこのあいだのことのようにも思えるし、遠い昔のできごとのようにも感じる。今でも時々久世さんのことを思い出すたび、私の脳裡スクリーンにはひとつの情景が浮かんでくる。そんなエピソードを久世さんからきいたわけでもないのに。どうしてだろう。たぶん「ナポレオン」での打ち合わせのときやサブ室できいた与太話の欠片が私の裡に吹き寄せられて、いつのまにか出来あがった幻の情景なのかもしれない。

そこは海辺にある安宿で、西日があたる畳に色褪せた蒲団がひと組敷かれている。久世さんがオッパイの薄い女をうしろ抱きして寝そべっている。痩せっぽちのふたりの裸体の上には女の長襦袢がかけられていて、久世さんと女は繋がるでもなく繋がらずでもなくゆらゆらと揺れている。
夕陽に染まった浜辺から、女のちょっと投げやりのような歌声が聞こえてくる。

♫にくいあん畜生は紺屋《こうや》のおろく
猫を擁《かか》えて夕日の浜を
知らぬ顔してしゃなしゃなと。

にくいあん畜生が薄情な眼つき
黒の前掛毛繻子《けじゅす》か、セルか
博多帯しめ、からころと。

にくいあん畜生と、擁えた猫と
赤い入日にふとつまされて
潟《がた》に陥《はま》って死ねばよい。ホンニ、ホンニ……

（北原白秋作詞）

久世さんと女はいつまでも、ゆらゆらと揺れていて――。

これが私の脳裡スクリーンに見えてくる情景だ。もちろん私のフィクションなのだが、久世さんはオッパイの薄い女が好きだったにちがいない。繋がっているのかいないのか、ハッキリとはしない生と死のあわいを漂うのもお好きだったにちがいない。私が久世さんを思い出すたび、こんな愉しい情景を思い浮かべていると知ったら、久世さんはきっとおちょぼ口をすぼめて、「フォッ、フォッ、フォッ……」と笑ってくれたにちがいない。

久世さんと一緒に作った七本のドラマ。そのどれもが「死」を大きなテーマとして扱っている。難病ものや病院ドラマを別にすれば、健全を好むテレビドラマとしてはとても特異なことだったと思う。

「小石川の家」は文豪・幸田露伴の最期を看取る娘・文と孫・玉の奮闘の物語。「センセイの鞄」は、年の離れた恋人となったセンセイに逝かれてしまう月子の涙の物語。久世さんにとってテレビドラマの遺作となった「夏目家の食卓」は、胃潰瘍で死ぬ直前まで食い意地がはっていた漱石に寄せる妻・鏡子《きょうこ》の恋物語だった。それ以外の作品でも死の影は濃く深い。

久世さんは、「儀式と制服のない文化を信用できない」と言って、二・二六事件に涙したり、金木犀の匂いに包まれて御影（久世さんにとっては昭和天皇）を仰ぎ見たり、ちょっと右翼っぽくもあったけれど、秘そやかに反骨の人でもあった。「令和」という不穏な匂いのする年号を冠されて始まった今の時代にいらしたら、どんなドラマを作っただろう。「死」

から眼をそむけて、短絡な「生」を描く筈はない。死と生を抱き合わせた甘く危険な香りのする「あわい」の中で、ゆらゆらとひっそりと、精いっぱいを生きる女と男を可笑しく切なく描いたにちがいない。

でもそんなドラマは、今のテレビ界ではあんまり相手にもされないだろう。久世さんならきっと「そんなもんですよ、テレビドラマなんて」と言いながら、チェーンスモーカーが紫煙を絶やさないように、テレビドラマへの愛を誰よりも捨てない人だった。「テレビドラマのルールが嫌いだ」と言いながら、テレビドラマを、久世ドラマを作りつづけた人であった。

そりゃあ時々「クッソジジィ」と思ったりもしたけれど、大好きだった久世さん。もうこんな演出家はテレビ界には現われないだろう。絶滅危惧種の演出家だった。

そんな久世さんともういちど食事ができるなら迷わずビーフステーキがいい。「よーく焼いてちょーだい。草鞋ぐらい」と注文する久世さんに寄り添って私も、よーく焼いて……なんて言うものか。私はレアに近いミディアムレアでいく。フォッ、フォッ、フォッ……と笑われても。私は私にできる精いっぱいで、楽しかった与太話やドラマ作りのなかから久世さんに教わった大切な何かを、たわいもない青臭さのようなにおいがするその何かを、忘れずにいたい。

和田勉さんと「もずく雑炊」

「ツツイさん。ボクとシゴトしませんか。ワダです。ワダ、ベンです」。ちょっとしゃがれたような、妙にテンションの高い（元気そうな）声で電話をもらったのが、勉さんとの始まりだった。「ナイヨウについては、プロデューサーからデンワさせます。ワダです。ワダ、ベンです」。

あぁ、あのNHKの和田勉さんだ。個性的な演出で（容姿もかなり個性的）作られたドラマ作品を幾本か見ている。「ザ・商社」「阿修羅のごとく」「女殺油地獄」等々。俳優の顔のドアップや、シーンとシーンとの間に「ガシャーン！」とガラスを叩き割ったような音を入れて強引に繋いでしまう和田演出が嫌いではなかった。でも、その強い演出は私なんかとは別世界のものだとばかり思っていたから、脚本を依頼された時はびっくりした。

勉さんの、いきなりで要点のみの電話が切られたあともボンヤリしていたら、すぐにNプロデューサーから電話がかかった。「和田勉さんと会ってほしい。場所はNHKの近くの喫茶店」。そして最後に、依頼したいのは松本清張原作「岡倉天心　その内なる敵」の脚本だと告げられた。清張原作で和田勉演出。おー、なんだか手応えがずっしり重たそうだなぁ。

まずそう思った。

岡倉天心については、西洋主義へと流れ始めた明治という時代にあって、日本固有の美術を守り、東京美術学校（東京藝術大学の前身）の基を作ったヒト、ぐらいのことしか知らなかった。それまで歴史上の人物を主人公にした脚本も、明治時代を舞台にした脚本も書いたことがなかった。おまけに和田勉の演出。そんなホン、書けるかなぁ。止めといた方がいいかなぁ。

迷う理由はもうひとつあった。私はそのころ脚本を半年近く書いていなかった。というより依頼された仕事をお断わりばかりしていて、内心では脚本のシゴト辞めてしまおうかなぁ、とさえ思っていた。

理由は、仕事の依頼があまりにも多くなっていたから。その数年前に向田邦子さんが亡くなり、当時は女の脚本家が今のように多くなかったから、私などまだ新人というよりヒヨッコだったのに、過度な期待をされてしまったのだ。初めて書いたテレビの連ドラ「家族ゲームⅠ・Ⅱ」が新鮮だったのかもしれない。次々仕事依頼がやってきて、テレビだけではなく映画や舞台や小説の世界からも依頼がきた。でも！　私はそういう波に乗るのが苦手なのだ。懐疑的になってしまう。私にそんな価値があるのか？　体力や健康にもまるで自信がないし。

私はこれまで仕事の掛け持ちをしたことがほぼ無い。先の仕事も決めない。だってその作品を書き終えたら、少しなりとも、それまでとは違う自分になっていたいじゃないか。自分を捨てることも見つけることも、自分にしかできないのだから。で、何十本かの依頼を前にして、私はすべてお断わりする道をえらんだ。

お断わりした依頼の中には、NHKの朝の連続テレビ小説もあった。当時のNHKでいちばん勢いのあった女のプロデューサー（「おしん」を大ヒットさせた方）からの依頼だった。ヒヨッコの私に白羽の矢を立ててくれたのだろう。でもその依頼電話を受けた私は開口一番でお断わりしてしまった。彼女は、思いもかけないヒヨッコの返答に一瞬絶句されて、「朝ドラを書くと脚本が上手になるわよ」「いいえ、上手になりたくありません」。すごく生意気でイヤな印象を残したにちがいないが、それが正直な気持だった。上手より大切なことがあると思っていたし（それが何なのかはよく分からないくせに）、それに朝ドラというものに親しみがなかった。奇妙な俳優たちがいる家で育った私には、朝の連続テレビ小説を見る習慣がなかったのだ。毎朝家族で食卓を囲む、みたいなホームドラマ的経験など一度もない。

だから勉さんから誘われた時、私は仕事ゼロ、先の予定もナシというせいせいとした身分だった。そんな私がなぜ勉さんとの仕事をすることになったのか。

勉さんから電話をもらうのとほぼ同時に、NHKの別の若手プロデューサーSさんからも依頼を受けていた。八〇年代になって流行したモデルハウスを舞台に、偶然そこにやってきた赤の他人たちが擬似家族を作っていくというストーリーだという。けっこう面白そうだと思った。会う場所として、勉さんチームのプロデューサーから伝えられたのと同じ喫茶店で会いたいという。ふと、両方一緒に会ってみようかなと思ってしまった。もちろん時間をずらして。

まずSプロデューサーと会った。勉さんとの予定はその二時間後だ。Sプロデューサーは当時のNHKの中ではトンガッた企画を好むヒトで、モデルハウスの企画について楽しくきかせてもらった。と、Sプロデューサーに電話がかかってきた（当時はまだ携帯ではなく店の電話）。Sプロデューサーは席に戻ってくると「ちょっと、急用で出ますけど、すぐ戻ってきます」といって店を出ていった。勉さんとの約束までまだ一時間以上ある。私はボンヤリしながら待っていると、店の入口の方から男三、四人の集団がやってきた。どんどん私の方に近づいてくる集団の先頭には、あの個性的な容姿の勉さんがいるではないか。私はびっくりして「あの……Sプロデューサーと会っているんですけど……」というと、勉さんはさっきまでSプロデューサーが坐っていた席にどっかりと腰を降ろして「うん。いいの、カレのことは。ボクの方でカタをつけてあるから」。え、えーーッ。Sプロデューサーを店の外に呼び出して、カタをつけて、帰しちゃったの?! 恐ろしや、勉さんの強引。そして勉さんの話にニコニコ相槌を打つ担当プロデューサーや演出助手たちから成る、NHKの人間構図。

初めて対面した勉さんは、想像していた通りの面構えと喋り方でダジャレを連発しながら、でも簡潔極まりない弁舌で企画内容を伝えてくれた。私はガハハガハハとひとりぽっちで笑う勉さんを見ているうちに、この方が演出する厄介そうな企画の脚本にチャレンジしてみようかなと思い始めていた。こうして勉さんとの仕事が始まった。

なんたって初めての明治もので歴史上の人物が主人公だ。立派な原作があるとはいえ、それだけで脚本は作れない。でも私は資料調べが苦手だ。どうしよう。困り果てて思いついたのが、私のゴッドファーザー（名付け親）にして日本映画界有数の名カメラマン、宮島義勇《みやじまよしお》氏だ。宮島のおじさんは歩く生き字引といわれるほどの博覧強記の御仁。蔵書は数えきれないくらい。私が、今度NHKのドラマスペシャルで岡倉天心をやることになったので何か参考になる本を貸してくださいと伝えたら、ひどく驚いたというより心配してくれた。私がオギャーと生まれた時から知っているおじさんにとって、私はいつまで経《た》っても小さな子供のままなのだ。脚本を書いて、細々ながらお母さんを養って生活しているなんて、どうしても信じられない。心配したおじさんは岡倉天心のことだけではなく、まず明治という時代についても学びなさい、といって、参考になりそうな書物を選んでくれて、二つの大きな風呂敷包みが用意されていた。両手で持ち上げると痩せっぽちの私はふらついてしまった。

家に帰って風呂敷を解くと、ぶ厚い古書が十数冊あらわれて、そっと中身を見たらクラクラしてしまった。だって筆書きの古文や読めない漢字ばかりが並んでいて、十数冊のうちなんとか読めたのは三冊だけ。あとは解読不能。それでも、それらの書物がまとう古い匂いや手触りや重さを感じるうちに、私は岡倉天心が生きて闘った「明治」という時代の何かを少しばかりだが嗅ぎとれたような気がした。

この時の何かが、次の新しいチャレンジへ繋がっていくことになる。「脱兎のごとく 岡倉天心」(これがドラマタイトルになった)をようやく書き終えて、勉さんとも楽しい打ち合わせをしてから三ヶ月も経っていないころ、松田優作のムチャぶりで夏目漱石原作「それから」の脚本を依頼された。執筆期間はたったの二週間! それ以上はビタ一日もダメ!と、まだ会ったこともない森田芳光監督が電話の向うで叫んでいた。

映画だからって肩肘はらないでさ、ポップにいこうぜ、ポップに。などと優作にものせられて、どうにか約束期限内の十三日間で脚本を書き上げて、ほぼそのまま決定稿になった。

そんな荒業ができたのは、岡倉天心のときにどうにか嗅ぎとった明治という時代への感触があったからであり、さらに幸運だったのは天心と漱石の共通点だった。どちらも明治三十年代の上野の森（東京美術学校と東京帝国大学）を舞台に、国家と相容れない知識人の苦悩が共通のテーマだった。岡倉天心をくぐっていなければ、「それから」は書けなかったと思う。少なくとも、あのころのユーサクやモリタに納得してもらえる脚本は。

勉さんとの脚本を書く前に、シナハン（シナリオハンティングという下調べ）としてインドへ行くことになった。ドラマは岡倉天心（山﨑努さんが演じた）の死までを描くのではなく、明治という西洋主義化の時代の中で、国家と相容れぬまま流離《さすら》う天心がインド（敬愛するタゴールがいた西ベンガル州カルカッタ）へと旅立ち、「インディペーンデント（独立）！」と狂おしく叫ぶところでエンドマークにしようと勉さんと決めていたので、その地へ我々も出かけたのだ。勉さんとプロデューサーとチーフ助監督と、北里大学でインドについて教えていたインド人女性と私の五人組。

当時のカルカッタ（一九八四年頃）は世界三大汚濁都市であり、すごい人口密度だった。キレイ好きでひ弱な私にはぜったい合わないと皆に言われたが、私はイッパツでインドに魅せられてしまった。この奇妙でエキサイティングな取材珍旅行については書く紙数がないので残念ながら省くが、ひとつだけとても困った事件が起こり、それは勉さんの手持ちバッグだけがブッダガヤへ向かう夜行列車の中で消えたこと。まちがいなく車掌ぐるみの列車内泥棒だった。そのバッグには勉さんのパスポートも入っていた。でもいけないのは勉さんだ。牛も一緒に乗っているような列車なのに、自分の高級ブランドのバッグだけ神棚に飾るみたいに網棚に置いたりするから。プロデューサーが座席の下に突っ込んでいた現金（八十万円近く！）は無事だったのに。その現金を入れていたのはボロッちい布袋で、プロデューサーがカルカッタの雑踏で、赤子を抱くロマの女から三百円と乞われたのを八十円に値切って入手したものだった。日本人のケチンボ！　ＮＨＫのしみったれ！　ちなみに勉さんの高級バッグには現金二万円しか入っていなかったが。

とにかく珍・難事件がいっぱいのシナハンを終えて、インドからの帰途の飛行機内でも、私は勉さんの隣りに座らされた。プロデューサーたちは遠くの座席だ。何故か。勉さんのひっきりなしの面白くもないダジャレに愛想笑いで応えるのが辛いから、私に押しつけたのだ。でも私は愛想笑いも面白くないダジャレに反応もできないのでむっつりしていた。

やがて勉さんが無口になったのでそっと様子を窺うと、首を鶏のように前後左右に動かしている。気になるので訊いてみた。「何してるんですか？」「時計だよ。時計を見て時間を確かめているんだ」。はァ？　勉さんの視線の先を見ると、食事用のテーブルの上に大きめの腕時計が置かれていた。何故時計をそんなに見るんですかと問うと、「やることも話すこともなくなったときには時計を見る。あと○分で×時になる。あと何秒で○分×秒になる……と確かめていれば時間が過ぎていく。ガハハガハハ」。ヘンなヒトだと思った。

勉さんからは岡倉天心のあと、もう一作一緒にやろうと誘われていた。森鷗外の「半日」。鷗外の短編の中でも大好きな作品なので嬉しかった。ところが突然、勉さんらしい太ペン字で殴り書きしたようなハガキが届いた。「ボクは他の作品をやることになった。『半日』は○○に任せることにした。しかしそのことをあなたにゴチュウシンした人物がいたようで、あなたがイヤだと言ったときいた。やってくれなくてケッコウです」。ほぼ正確にそういう文面だった。すぐには何のことか分らずボンヤリした。そんなことは何も知らないし誰からもきかされてもいないし、もし○○くんの演出になってもやりたい作品だった。まったくホントに思いこみの強いヘンなヒトだと思った。でも私は幼少のころからヘンなヒトたちに囲まれて育ったので、ヘンなヒトが嫌いではない。勉さんのこともオモシロイおじさんだと思うことにした。ちょっと屈折してるみたいだし。

そんな勉さんと二人だけで食事をしたことは一度もない。でもいっぺんだけ、三人で食事をしたことはある。勉さんと私と……もうひと方は、松本清張さん。ドラマ「脱兎のごとく岡倉天心」の原作者が清張さんだったから、NHKとしての御礼なのだろう。今はもう閉店したが、国際赤坂ビル近くの路地裏にあった小さな料亭「山崎」。清張さんのご指名だったと思う。「時間と金がかかるだけのまずい手料理より、安くてうまいインスタント食品を活用すべし！」などと書く勉さんが通うとは思えない、風情のある店だった。

この一夜は強烈だった。

勉さんと私は、料亭の二階にある座敷で清張さんを待つ段取りである。キリッとした着物姿の女将に案内されたその座敷にびっくりした。仄暗いのだ。小さなかがり火みたいな、白い紙で作られた置き行燈がふたつだけ。紙にはローソクの炎の影がゆらめいている（たぶんローソク型の電燈が入っていたのだと思う）。十畳程の座敷に、黒っぽい塗りの長方形の座卓と、座布団が三つ置かれている。床の間を背にした清張さん用の座布団と向き合って、勉さんと私は並んで腰をおろした。清張さんを待つあいだ、勉さんと何を話したのか覚えていないが、おそらくいつものダジャレを聞かされていたにちがいない。

やがて女将の声が聞こえて、襖《ふすま》が静かにひかれた。ゆっくりと男足袋が入ってきて、藍色っぽい着物を着た清張さんが姿を現した。ワワッ、生《ナマ》清張さんだ！　清張さんは仄暗い畳上をゆっくりと歩き、向う側の座布団に腰をおろした。行燈のゆらめく灯りを受けた清張さんの迫力。私は思わず見とれてしまった。気がつくといつのまにか勉さんは私の隣りから離れ、清張さんと私の間（長方形の卓の短い側面）に座布団ごと移動している。清張さんは袂から煙草と短めのパイプを取り出し（私の記憶では）、ゆっくりと喫い始める。勉さんは正座のまま私を紹介してくれる。私はモゴモゴと挨拶をする。清張さんは黒縁の眼鏡の奥からこっちをじっと見ている。勉さんがガハハガハハとダジャレを始める。

料理が運ばれてきた。襖のところまでは仲居さんも手伝い、座敷の中では女将がすべて配膳をする。この夜の料理の味はほぼ覚えていない。供されたのはシンプルな懐石料理だったと記憶しているが、清張さんと勉さんという奇怪なる風貌の大先輩を前にして、味など楽しめる筈がない。でも残すのも失礼なので必死に咀嚼して飲みこんでいく。辛い。おいしいご馳走をいただくのがこんなにも辛いなんて。

「脱兎のごとく　岡倉天心」はもう仕上がっていて、清張さんもデモテープで見ておられるので、ドラマについて話が及ぶ。私はますます味もわからなくなって、辛い。清張さんの視線は無表情なくらい静かに私を見ている。勉さんはガハハとダジャレ。清張さんが盃を干す。私はその盃にお酒を注ぐ。清張さんは私にまでお酒をすすめてくれる。私は自分で注いで飲み、お酌をする。それをくり返す。かなり酒類には強い私だが、さすがにクラクラしてくる。勉さんのガハハとダジャレでさえ緊張がゆるんでありがたい。この夜の会話を覚えておけばよかったのだが、ほぼ忘れてしまった。

ようやく料理の〆になり、小ぶりの黒い土鍋が三人各々に供された。蓋を開けると、もずく雑炊だった。白いお粥に緑濃いもずくがサラリと入っているだけの極めてシンプルな雑炊だ。そのシンプルな美しさに惹かれて、さっそく雑炊を茶碗によそって口に入れた。おいしい！　とってもおいしい！　私は場もわきまえずお代わりをして完食した。ホーッとあたたかな息をつきながらおふたりの方を見たら、それまでは奇怪なくらい怖そうに見えていたおふたりの輪郭が、少しだけやわらかになったように感じられた。

この強烈な夜から二週間も経たないうちに、私は中学からの親友で私同様に食いしん坊な女（おかどめぐみこ。やがて写真集食堂「めぐたま」の店主となる）と一緒に、「山崎」へと出かけた。カウンターでもずく雑炊をいただくためである。清張さんが指定したような料亭に、まだ三十路《みそじ》半ばの化粧っ気もない女がふたりだけで食べにきたことを、女将はとても喜んでくれた。もずく雑炊をおねがいした。小ぶりの黒い土鍋で運ばれてきた。白いお粥にもずくだけ。味つけも塩少々だけ。おいしい。でも……清張さんと勉さんのそばでいただいた味には及ばなかった。たぶん同じ味なのだけれど、おふたりのディープな存在感があってこそのシンプルで清らなもずく雑炊だったのだ。それからもいろんな店で食べたし、自分でも作ってみたが、あの夜の「もずく雑炊」には敵わなかった。

仄暗い闇の中で見た夢のような一夜を経験させてくれた勉さんには感謝している。やがて勉さんはＮＨＫを定年退職したあと、テレビのバラエティやＣＭにも出て「ガハハおじさん」の渾名で呼ばれるようになっていった。私はブラウン管の中で、ひとりぽっちガハハガハハと笑う勉さんを幾度か見た。この方はＮＨＫという村社会のような人間構図の中でも、ひとりぽっち笑ってダジャレを連発していたのだろう。群れるのが嫌いだとおっしゃっていたから、ヘンなおじさんとしてはそれでよかったのかもしれない。

それからずいぶんと月日が流れ、某映画の完成披露試写会で勉さんを見かけた。その数年前、ちょっとしたスキャンダルで週刊誌に書かれたりしていた。上映前のロビーには人があふれていて、でも勉さんは人の群れの中にはいなくて、隅っこの方で、半分みんなに背を向けるようにして立っていた。そんな勉さんに気付いた私はなんだか胸の奥がくすぐったいような疼くような気持になって、迷うことなく勉さんの方へ行き声をかけた。「勉さん、お久しぶりです」。振り返った勉さんの、少し老けて皺っぽくなった顔には本当に嬉しそうな笑みが拡がった。ガハハとは笑わず、とても静かな笑みだった。

柳井満さんと「ちびまるスープ」

柳井満さんは、一九七九年からTBSテレビで始まった「3年B組金八先生」シリーズをヒットさせたプロデューサーである。八〇年代の問題児たちをテーマとして取り上げ（脚本は小山内美江子さん）、国民的関心を集めたといってもいいくらいの大ヒットとなり、二〇一一年にファイナルが作られるまで断続的ではあるが三十二年間も続いた。

そんな柳井さんと初めてお会いしたのは、八三年の春のころだった。柳井さんは小柄でやや濃いめの髪は坊ちゃん刈り（すでに五十歳近かったと思うが）で、小さな眼はニコニコ笑っていて、初めて聞く声もかなり小さめだった。全体的に小柄で静かで優しげな見かけとはちがって、なかなか豪胆なプロデューサーであることがお付き合いするうちに分かっていく。

依頼されたのは、「ボクはずっと中学校の教師ものをやってきたので、次回は家庭教師でやってみようと思っています。今どきの子供たちに、ちゃんと挨拶の『おはようございます』や『ありがとう』が言えるように教えていく家庭教師です」。ほぼこの通りに仰った。緊張して拝聴していた私は、でも、ためらうことなくこう答えた。「お話をいただいたことはとても嬉しく思います。でも私にはその家庭教師は書けません。気持ちさえあれば、挨拶は『ヨォ！』でもいいし、肩をゴツンとぶつけ合うだけでもいい。ありがとうも言葉にしなくても気持ちがあれば伝えられると――ごめんなさい」。頭を下げた。柳井さんはちょっと意外そうな表情で聞いていた。そりゃあ、新人が初めて連続ドラマを任せてもらえるチャンスなのだから。でも私は心にわだかまりを抱いて書けるほど器用ではない。せっかくのチャンスだけど、オジャンになっても仕方ないな。ま、いいか。そう思ったけれど、ふと、ある本のことを思いだしたので言ってみた。「少し前に、家庭教師が主人公の面白い小説を読みました。本間洋平さんの『家族ゲーム』。誰かが映画化をすすめているらしいですけど……」。

その誰かが、やがて四本の映画で組むことになる森田芳光監督だとは全く知らなかった。柳井さんは静かな小さめの声で「そうですか。分かりました」とだけ言って、別れた。TBSの玄関を出るとき、「このテレビ局にもう来ることもないかもなぁ」と思い、帰りがけに、一ツ木通りをはさんでTBSの前にある「相模屋」でくず餅とあんみつとところ天を買った。明治二十八年創業のこの店の味が好きなのだ、私も母も。仕事のチャンスは逃がしたけれど、母とふたりでおいしい和菓子が食べられることが嬉しかった。

その二日後か三日後、柳井さんから電話が入った。「『家族ゲーム』面白かったです。原作権のこともテレビドラマ化のこともすべてクリアにしました。やってください」。

ワーイ！と声を上げたいくらいの気分だった。柳井さんって判断が速くて信頼できそうだな。私は慎んで書かせてもらうことにした。初めてひとりで書く六本連続のドラマ脚本を。

しかし、このハチャメチャドラマが実現して始まるまでにはもうひと山あった。

柳井さんから演出家とスタッフを紹介された。ディレクターの前川さんとはすでに面識があった。とても理論的なタイプの方だ。私が感覚的タイプだからちょうどいいのかもしれない。などと思いながら、スタッフルームにいる何人かの若者たちに目をやった。ひとり、ヘンな若者がいる。さっき柳井さんから「演出部助手」と紹介されたっけ。黒いTシャツに黒いズボン。髪はゲゲゲの鬼太郎みたいにボサボサで、素足に下駄履きだ。そのゲゲゲは部屋の隅の方へ行くと、ズボンの尻ポケットからスキットル（ウィスキーなど、強い蒸留酒を入れる携帯用の小型水筒）を取り出してガブッと飲んだのだ。私は吸い寄せられるようにそばへ行き、話しかけた。「家族ゲーム」で何をやりたいか、みたいなことを喋ったんだと思う。それに対してゲゲゲヘアの隙間からこっちを見て応えた彼の言葉が、とても心に届いた。何を言われたのか覚えていないけれど。

柳井さんがスタッフルームに戻ってきたので、思いきって、心に浮かんだことを伝えた。

「あの……あそこにいるヒトと話したんですけど……すごく合うなと思って……あのヒトに撮ってほしいのですが……」。柳井さんはしばし絶句した。私は自分が口にしたことに自分で驚いていた。やがて柳井さんが言った。「彼はまだメインでやったことがないんです。アシスタントディレクターをやらせて、六本のなかの一本だけ、演出をさせてみようかとは思っていますけど……」。また沈黙があって、「少し待っていてください」とだけ言い残して、柳井さんはスタッフルームを出ていった。

一時間以上、待った。私としてはめずらしく、自分が言ってしまった言葉を反芻してグジグジと考えた。なぜあんなことを口走ってしまったのだろう。相手は大プロデューサーなのだから、言うことをきいておけばよかったのかもしれない。家庭教師像だって、ちゃんとした挨拶を教える教師だっていいじゃないか。グジグジしていたら、私の裡にある記憶が鮮明に蘇ってきた。

私は初等科から大学まで、成城学園というのびのびとした、苛《いじ》めもないけれどエリートもいないような学校で過ごした。その出発点である初等科の入学式が終わってじきの朝礼のとき、校長先生がこう言った。「もしも戦争があったとして、キミたちが『ボクは戦争なんてイヤだな』『ワタシ、戦争はキライ』、そう思ったら、たったひとりでもそう言える子になろう」。もうひとつ「キミたちが朝、学校へきて、向こうから来るのが友だちでも先生でも用務員（当時は小使）のおじさんでも、気持さえあれば、挨拶は『ヨォ！』でも『やぁ！』でもいい。校長先生だからってお辞儀をする必要なんかない。みんなと同じでいい」。この校長先生の言葉は小さな私の胸に深く残り、私のささやかな骨子を作ったように思う。今度のドラマの家庭教師も、カタチより気持で動く男にしたい。あのゲゲなら、そんな感じを分かってくれそうな気がしたのだ。

柳井さんが戻ってきて、静かな声で言った。「分かりました。吉田（秋生）でいきましょう。前川には一本だけ助《す》けてもらいます」。すぐには信じられなかった。本当にそんなことが？　本当だった。吉田秋生さんはその後、TBSドラマのニューウェーブの主力として「うちの子にかぎって…」「パパはニュースキャスター」など多数を演出していく。

次は主役えらびだ。柳井さんから提案があった。「長渕剛という歌手、知っていますか？」。たしか「順子」という失恋ソングを聴いたことがあるくらいで、顔は分からない。「まだ俳優をやったことはないけれど、長渕が家庭教師をやったら面白いと思います」。

柳井さんは「金八先生」のときから、歌手に俳優をやらせて売り出す、という方式に成功している。金八（武田鉄矢）、新八（岸田智史）、仙八（さとう宗幸）。作りものの感動ドラマより、八〇年代という社会のひずみをリアルにドキュメントできる少年少女の記録のようなドラマなのだから。でも「家族ゲーム」は、「金八」に流れる熱く重い怒りや正義感とはかなり遠い感性の私が書くのだから、どうなっていくのだろう。

まず、長渕さんと会ってみることにした。私からのリクエストは、「短い時間でもいいですから、一緒にメシを食べる場所で会わせてください」。メシを食べるとき、ヒトはどんなに気取ってみても、その品性も性質も育ちも（貧富のことを言っているのではない）顕わになる、と私は思っているから。

TBS会館の地下にあった和食処「ざくろ」で、昼間に会うことになった。長渕さんと柳井さんと私と長渕さんのマネージャー。簡単な挨拶を交して、すぐにランチが運ばれてきた。しゃぶしゃぶ定食だった。私は長渕さんの前に坐らされ、そっと、じっと観察した。いい！このヒトいい！と直感した。長渕さんの食べ方が実に歯切れいいのだ。早めし食いというわけではない。コップの水を飲むのも、サラダを齧《かじ》るのも、牛肉をのせたご飯を頬張るのも、そのどれもの終わり方が、実にキレがいいのだ。確信した。このヒトのリズムは視聴率を取れると。長渕さんを見送り、柳井さんとふたりになったとき、その思いを伝えた。柳井さんはいつものように静かに笑いながら「じゃあ、長渕さんでいきましょう」。こうして私が書いていく家庭教師の明るくてテンポのいいアウトローな人物像が見えてきた。

長渕さんが作曲する主題歌の歌詞を、長渕さん推薦の作詞家・秋元康さんが書くことになった。彼もまだヒット曲のない新人で、このときの主題歌「GOOD‐BYE青春」が最初にイッパイお金が入った作品だときいている。そのあとのどえらい売れっぷりは凄いものだ。

こうして新しい人ばかり（初演出、初連ドラ脚本、初主演、初売れ主題歌作詞）のドラマ作りは始まった。


柳井さんとは、脚本作りが始まってもふたりで食事をしたことがなかった。悲しいことに柳井さんは下戸で、食い意地もお持ちではない。久世さんと同じ。ちがうのは、久世さんはお喋りや女が大好物。柳井さんは静かで無口。酔って乱れる姿も、バクバク食べてハイになる姿も想像できない。少々淋しくもあった。

柳井さんとの食の思い出は希薄なのだが、ふたつある。ひとつは、三回くらい連れていってくれた、TBS近くの路地にあった秋田料理の「わんや」。何でも好きなものを食べて飲んでいいですよ、と言われても、今イチ弾まなかった。その店で思い出すのは、客として入ってきた大友柳太朗《おおともりゅうたろう》さんのこと。かつて映画「丹下左膳」等の剣豪スターだった方なのに、その夜はテンガロンハットに革のウェスタンブーツという装いだった。ほっそりとしたキレイなご老体で、カウンター席にひとりで座り、静かに盃を干し箸をうごかしていた。その二年後、ご自宅があったマンションの屋上から飛び降りて自死された。

もうひとつの柳井さんとの食の思い出は、脚本打ち合わせの時などに取り寄せてくれた「赤坂　津つ井」の料理。覚えているのは「モヤシのカレー風味サラダ」。モヤシをさっと茹でるときに少しの塩とカレー粉を入れるだけの簡単料理なのに美味しくて、今でも時々自分で作る。もう一品が「ちびまるスープ」。魚介がたっぷりと入ったマルセイユスープのスモールサイズだ。丸っこい器に入っていて可愛いので「ちびまる」と呼んでいた。

「家族ゲーム」の脚本執筆はとても順調に進んだ。連ドラの脚本は基本、一週間に一本仕上がればいい。直しがなければ困難なスケジュールではない。そう、直しがなかったのだ。「家族ゲームⅠ」も「Ⅱ」の時も、一度も。その原因のひとつが柳井さん流の脚本の受け取り方だ。第一話の脚本を渡したとき、こう言われた。「ボクはこれでOKです。演出家に読ませて何か注文があるなら、まずボクを説得させます。それができたら、筒井さんに伝えます」。なんと筋の通った強いプロデューサーだろう。ディレクターからの注文（直し要求）もなく、脚本は順調に進み、撮影もリズムよく行われ、出来たての第一話をスタッフみんなで観て嬉しくなった。それに主題歌がついたら、もっと嬉しくて元気になった。

放映が始まると、視聴率は15％から最終回は20％になった。わずか六回の連続ドラマなのに。小さな柳井さんがいろんな意味で大きなガードになってくれて、新しい人ばかりで作ったドラマには新鮮な勢いがあったのだ。これが契機のひとつになって、ＴＢＳでは「新鋭ディレクターシリーズ」も始まった。

柳井さんには、脚本家としての「覚悟」のようなものを授けられたと思っている。「家族ゲーム」の次の作品として、柳井さんは新しい企画を提案した。その企画会議で柳井さんが言った言葉を、出席していた仲間のプロデューサーから聞いた。「筒井ともみという脚本家と組みます。それがボクの企画意図です」。そんなことを言われたら、本気で全身全霊で書くに決まっているじゃないか。覚悟を持って。

視聴率との付き合い方（？）も柳井さんから教わった。ある時ふと柳井さんに聞いたことがある。「家族ゲーム」の視聴率が少しずつ上がり始めたころだ。柳井さんが何も言わないので聞いてみたのだ。柳井さんはいつも通りの静かな声ではあったが、言下に断じた。「そんなものは、作家（脚本家）が気にすることじゃありません」。以来、気にしたことはないし、気にするのが必須の作品に係わることもなかった。

こんなにも大事にされ、お世話にもなった柳井さんだが、プロデューサーと脚本家としての蜜月はそう長くは続かなかった。

「家族ゲームⅠ・Ⅱ」の次作として、柳井さんから書きたいものをオリジナルでやっていいですよ、と言われた。私が提案したオリジナル企画「愛し方がわからない」はＯＫになったのだが、その主役として、柳井さんから伝えられたのが「金八」の武田鉄矢さん。スタッフも「金八」メンバーが主流だった。いろいろぶつかり合いながらドラマ作りは始まったのだが、やっぱりうまくいかなかった。感性が違いすぎたのかもしれない。武田さんも演出家たちも、私の脚本に漂う浮遊感なんて興味もなかったにちがいない。そんな時にも、柳井さんは無口で静かだった。

その少し前のころから、私の心はテレビドラマから少しずつ離れていたのかもしれない。いくつかの理由があった。まず、視聴率。柳井さんから「そんなものは気にすることじゃありません」と教えられたこともあるが、視聴率という幻のようなモノサシによって計られたくなかった。ドラマの持つ大切なものを、数値に置き換えられたくはなかった。今だって、国家が差し出すナンバリングの列には入りたくない。ポイントなんて要らないから。

もうひとつ、テレビドラマから離れていった具体的な理由があった。レイモンド・カーヴァーの短編集「ぼくが電話をかけている場所」(村上春樹訳)を読んだこと。衝撃的に好きになって、その中の「足もとに流れる深い川」をドラマでやりたいとつよく思った。TBSドラマ部の数人のディレクターたちから「一緒に仕事をしましょう」と誘われていたので、その人たちに話してみた。彼等の答えは誰もが同じだった。「わかりづらいね。テレビドラマはわかりやすくないと」。へーえ、そうなの、わかりやすさが、そんなに大切なの?

テレビから少しずつ離れた私は一度、すべての依頼をお断りして自由になったことがある。自由という不安の中で松田優作や森田監督と出会い、少しずつ自分らしさを失わずにやれそうな世界を見つけていった。映画や小説や随筆や舞台に。

そんな私を遠くの何処かから見ていてくれた柳井さんから、こう言われた。「あなたはきっと、テレビの世界から旅立つと思っていました」。嬉しさと恥ずかしさで、胸がギュッと痛くなったのを覚えている。

柳井さんともういちど食べるとしたら——食事の記憶は希薄なのだけれど、やっぱりちびまるスープかな。スモールサイズなのに、魚介類のエキスがしっかり沁みたちびまるスープを、柳井さんと静かに食べながら、距離が出来てしまってからのことや、「家族ゲーム」の楽しい思い出なんかを話したかった。

岸田今日子さんと「うな重」

秘かに憧れていた岸田今日子さんが、拙著「女優」の帯文を書いてくれたことがある。「この謎に満ちた物語は、わたしを戦慄させる。そして、あの問いかけ、いつも忘れようとしている問いかけが、とうとう眼の前に突きつけられる。女優は、女優になって行くのか。それとも、生まれた時から女優なのか」。

今日子さんがそんなことを真剣に考えていたのか、ふと思いついて書いてくれただけなのか、分からない。分からないけれど、岸田今日子という、女優である生きものに思いをめぐらすとき、その問いかけはささやかな縁《よすが》になってくれるかもしれない。

私は女優がいる家に生まれ、彼女（伯母）や彼女の仲間の女優たちをうんざりするほど見て育ったから、女優という生きものはなによりも近付きたくない、というか、係わりを持ちたくない存在なのだ。だって奇妙で度し難く、激しくて傷つきやすくて、おまけに綺麗だ。ずっとそう思っていたのに、気がつくと、女優と深く係わりのある脚本など書くようになっていた。

脚本家になってからはいっそうたくさんの女優を見たり、言葉を交わしてきた。一緒に仕事もしてきた。そんな女優たちの花畑の中で、「あぁ、きれい！」と心底感じたことが二度だけある。京マチ子さんと岸田今日子さん。

京さんと会ったのは、私がまだ二十代の駆け出しのころで、東宝日比谷ビルの中の稽古場だった。たぶん芸術座で上演される芝居の稽古をしていたのだと思う。誰に連れていかれたのか覚えていない。役者たちはみんな浴衣や普段着の着物姿で、その中に京マチ子さんがいた。白地にえんじ色っぽい花柄の浴衣を召していらして、ほっそりと色白で、博多帯をキュッと締めた胴の細さにまず驚き、さらに華奢な首には紅いビードロの首飾りがあった。化粧はしていなくて、それでも私がスクリーンで観たことのある黒澤明監督の「羅生門」や溝口健二監督の「雨月物語」の中にいた女人とそっくり……当人なのだから当たり前のことだけれど、ザワザワした稽古場にいても、京さんは浮世離れしたような不思議な女人の雰囲気をまとっていて、紅いビードロの首飾りとともに私の脳裡スクリーンに焼きついている。

もうひとりが岸田今日子さん。そのころ私は「演劇集団円」で今日子さんが企画している「円・こどもステージ」で、佐野洋子さん原作の「ふつうのくま」の脚本を依頼されていた。その前年にも佐野さんの「100万回生きたねこ」をミュージカルにした脚本（フィリップ・ドゥクフレ演出）を書いていて、それを観た今日子さんが呼んでくれたのだ。

脚本が仕上がり、西武新宿線の沼袋にある稽古場に行くことになったが、私が沼袋をわからず西武新宿線にも乗ったことがないと知った今日子さんが、連れて行ってくれることになった。待ち合わせたのは西武新宿線の新宿駅ホーム。電車が来るのを待っている時だった。今日子さんはホームの端っこに近いあたりに立っていて、ボンヤリしていた。髪が風にサワサワ揺れていて、やや大きくて厚めの唇は無防備にプワーっとしていて、眼は線路のあたりに向けられていた。私は少し離れた処でそんな今日子さんの横顔を見ていた。女優とは思えない脱力した風貌だった。線路の向こうから電車の近づく音が聞こえてきた。私は思わず声をかけた。「今日子さん！　今日子さーん！」。声が届いたらしく、今日子さんは我に返ったように私の方を向くと、やわらかく微笑んだ。プワーっとふくらんでいた唇が蘇ったように口角を上げて、やさしく微笑んでいる。私は息をのみ立ち尽くしてしまった。なんて、きれいなの。今日子さんの裡に潜んでいた「女優」があらわれたのだ。その女優はほんとうに美しかった。

今日子さんと京さん。ふたりはどちらも大人の女、妖婉で魔性があって悪事にも手を貸すような女を得意とする大映映画で、幾本もの映画に出演している。でもふたりは、まるでちがう原風景を持つ女優だったように思う。

京さんと初めて会ったあの日だったか、その少し後だったのかは覚えていないが、京さんにまつわるこんなエピソードを聞いたことがある。

すでにスター女優になっていた京さんは女マネージャーとふたりで住んでいて、仕事を終えて自宅に帰ってくると、まず自分の部屋にひとりで入り、ドアに鍵をかける。やがてゴトゴトゴト……と小さな機械音が聞こえてくる。ミシンをかけているのだという。そのエピソードを聞いた私はひっそりと興奮して、想像の眼でドアの向こうへ入っていく。京さんが鉄製ミシンの椅子に坐って布を縫っている。ゴトゴトゴト……でも、そのミシンには針がない。長い布は針で縫われることもなく、ただゴトゴトゴトと鉄の車輪が布をどこまでも送り出している。これは私の想像なのだが、京さんはそうやって体の裡に残っている女優としての火照りを冷ましていたのではないか。「無」になるために。

五歳のとき父親が蒸発して、祖母と母のために十二歳で大阪松竹少女歌劇団に入団して、戦後は大映に入り、スター女優への道をのぼりつめてゆく。そんな京さんが針のないミシンを廻す。ゴトゴトゴトという音は、暗闇の虚空を走る銀河鉄道の夜汽車のようだと感じた。

京さんの原風景が「無」だとしたら、今日子さんの原風景は「豊饒」がふさわしい。

父親は劇作家で文学座創設者の岸田國士《くにお》。美しい母は翻訳家だった岸田秋子。姉は詩人で童話作家の岸田衿子《えりこ》。幼少のころから北軽井沢にある山荘（今日子さんは山小屋と呼ぶ）で遊び、近くには谷川家の別荘もあって、ほぼ同じ年の俊太郎少年とは生涯を通じて仲よしだった。ため息が出るくらいの環境に育った今日子さんは読書が好きで、自然が好きで、演劇や絵画や音楽や舞踏への興味を深め、なによりも人間という生きものに心を躍らせる少女だったにちがいない。こんなにも育ちがいいのに（いいから、かもしれない）、今日子さんはいつも自然体で分け隔てがなく、むしろヘンなこと（もの・ひと）にはヘン（偏）愛さえ持っていた。

京さんと今日子さん。こんなにも違うふたりが、女優を見慣れて育った私の心をつかんで「きれい！」と感じさせたのはなぜなのだろう。

今日子さんとは、女優と脚本家として一緒に仕事をしたのが久世光彦演出の二時間ドラマ二本。企画者と脚本家としては「円・こどもステージ『ふつうのくま』」。人付き合いが苦手の私は、今日子さんともとりたてて親しいというわけではなかった。

そんな私に、なかなか面白い企てを持ちかけてくれたのは久世さんと今日子さんだった。なんと市川崑監督と「お見合い」をしてみないかというのだ。仲人は自分たちがするからと。私もまだギリギリ三十代で、市川崑監督も奥様で脚本家の和田夏十《なっと》さんを亡くしていて、でもなぁ。生まれた時から映画人や演劇人に囲まれて育った私には気持ちが沈む企てだった。と思っていたら私の早トチリで、見合いといっても男と女のことではなく、監督と脚本家としての見合いだという。久世さん曰く「市川監督には相方（脚本家）は女の方がいいんだ」。たしかに市川作品の傑作のほとんどは脚本が夏十さんで、企画から協力している。でもなぁ……。「崑先生、近ごろちょっと元気がないの。いいんじゃない？　せっかくだからお見合いしてみれば」と今日子さんが悪戯《いたずら》っぽいアルトの声で言った。

お見合いしたのは、銀座コリドー街と道路をはさんだ向かいのビルの二階か地下一階の和食店だった。階段を上がった（下がった？）記憶がある。店奥に四人掛けのテーブルが用意されていて、市川監督と久世さんが並んで、今日子さんと私が向かい側に並んで坐った。なかなか緊張する濃い先輩ばかりだ。まずはさておき乾杯！といきたいところだが、久世さんも今日子さんも下戸である。事情は皆分かっているし、私も市川監督には事務所で一度だけお会いしたことがあるので（何のためか忘れたが）、挨拶ぬきですぐ雑談になった。久世さんはいつもの如くたらたらとお喋りして面白く、今日子さんもユニークで楽しい。久世さんは市川監督の「おとうと」がいちばん好きな日本映画だし、今日子さんにとっても映画での最初の代表作は「おとうと」だ（奇妙なキリスト教信者の女を演じていた）。そんな話から始めて市川監督をいい気分にさせながら、「ツツイくんにホンを書かせてみては？」などと巧みに見合いの目的をはさみ込む。市川監督も女の相方（脚本家）を探していたらしく話は弾み、料理も次々運ばれてくる。それにしても煙たい。市川監督も久世さんも超のつくヘビースモーカー。あたりはモウモウとして料理の味などわかる筈もない。

この夜の会話は多岐に渡って面白く、それを整理してここに書くことは不可能だ。最後に久世さんが「ツツイくん。市川監督のために何か企画を考えなさい」と宣《のたも》うて、お見合い会は御開きとなった。

後日、市川監督に向けた企画を考え、お伝えした。モノは井原西鶴「好色五人女」の新解釈版。市川監督はノッてくれたのだが——この後の顚末は、市川監督について書くときがあったらにしよう。

今日子さんとは二回だけ、ふたりで食事をしたことがある。まず「ふつうのくま」の稽古中に、今日子さんがタクシーで私のうちまで送ってくれた。「ちょっとお腹すいてない？」ときかれて、西麻布に住んでいた私は近くにある行きつけの店に案内した。その店はロンドンにあるパブのような店で、男のひとり客や外国人も多く、客を放っておいてくれるのがいい。

今日子さんと並んで大きな木製テーブルの端っこの席に坐り、下戸の今日子さんはフレッシュジュース、私はウォッカソニック。小腹凌ぎに、この店の賄いメニューであるカレー風味のスパゲティとコールスローを注文した。かなり旨いそれらをつまみながら、いろんな話をした。今日子さんも交流があった私の伯母と伯父の話や佐野洋子さんのこと。もちろん稽古中の「ふつうのくま」のこと。そしてふたりとも大好きな女優・加藤治子さんのこと。今日子さんと治子さんはともに文学座の劇団員だったこともある。私は治子さんには可愛がってもらっていたから、治子さんが同時代の女優でいちばん信頼しているのは今日子さんだと感じていた。同じ東京生まれでも、治子さんは下町っ子気質ですぐに他人の目を気にする。こんなことをしては他人様にご迷惑じゃないかしらと気にかけて引っ込んで、だから舞台での代表作が少ない。一方の今日子さんは豊かな山手の匂いがする育ちだから、他人様の目を気にするより、「やってみなけりゃわからない。興に乗ったらまずやってみる」。だから代表作も新しいことへのチャレンジもいっぱいある。女優だけではなく随筆も童話も書くし、ムーミンの声の主でもある。今日子さんはフワフワしているのに太っ腹なのだ。

この夜、面白い話をきいた。たとえばね、と今日子さんが言う。脚本をいただいても、つまんないときがあるでしょ？　うんうん、と頷く私。そんな時、どうすると思う？　首を傾げる私の前で、今日子さんはいきなり全身を震わせながら「ギャワワワ〜〜」と凄い声を上げた。店にいた人たちが凍りつき今日子さんに視線を送る。今日子さんは何ごともなかったように微笑みを浮かべてジュースを飲んでいる。まだ凍りついている私に今日子さんは言った。「女優には科白をカットしたり変えることはできないけど、行間でひと声叫ぶくらいは自由でしょ？　これをやるとつまんないキャラクターでも少しは個性が出るの」。うーん。禁じ手だが、その通りだ。今日子さんに叫ばれないような脚本を書かなくては、と肝に銘じた。

もう一度ふたりで食事をしたのは、乃木坂の近くにある今日子さんのご自宅マンションだった。送ってもらった地図を頼りにマンションへいき、チャイムを押す。ドアが開いて、やわらかな色の服を着た今日子さんが現れるなり、「今夜がゆうべだったらよかったのに」と言った。えっ？　えっ？　今日子さんはそばにある鉢植えに視線を落としながら言う。「ゆうべ、月下美人が咲いたの」。その鉢植えが月下美人らしい。サボテンみたいな姿（実際、サボテンだが）で、先っちょに萎《しお》れた花が付いている。本物の月下美人を見るのは初めてだし、一年に一度、ひと夜だけ咲くという。見たわけでもないのに、今日子さんの無念そうな解説を聞いただけで私は感動してしまった。

リビングへ案内されると、目の先を金茶色のフワフワした大きな丸いものが横切った。今日子さんの愛猫だという。「でもアイツは臆病だから出てこないわよ」。お世辞のように名前（忘れてしまった）を呼んでみたが、棚の背後に消えたまま気配さえわからない。今日子さんは絵にも趣味がおありだから、素敵な絵などが壁に飾られていたかもしれない。でも覚えていない。目の前にいる今日子さんと向き合うだけで精一杯。たぶん外側からはそう見えないのが私のキャラなのだが、すごく緊張していた。

夕食は近所のお店にうな重をたのんであるという。なんだかホッとした。ゴチャゴチャ手料理でもてなされたりすると、その都度何か言わなくてはと気を使うが、うな重ならシンプルだ。お腹が空いてさえいれば、うな重はたいていい美味しい。匂いだけでも、食欲をそそられる。日本人にとってうなぎはえらい。ご馳走なのだ。月下美人は花びらを閉じてしまったけれど、今日子さんと一緒に店屋もののうな重を食べられることにワクワクした。

この夜も今日子さんはいろんな話をしてくれた。大好きなスペインの詩人で劇作家のガルシア・ロルカのこと。幼なじみで朋友でもある谷川俊太郎さんの愉快なエピソード。私の伯母伯父は劇団民藝や俳優座に所属していたし、今日子さんは文学座で育ち、今は「演劇集団円」の所属。私はどういうわけかそんな劇団という組織が好きになれないこと。今日子さんが仲よしの冨士眞奈美さんや吉行和子さんとの面白エピソード。その和子さんの女優デビューは劇団民藝で「アンネの日記」のアンネ役に抜擢された時で、その父母の役を私の伯父と伯母がやっていたときいたこと。眞奈美さんには俳句の会に誘われて、幾度か句会に参加したこと。その夜ずいぶん遅くまで、今日子さんは付き合ってくれた。

最後に紅茶を淹れてくれて、おいとまの挨拶をしようとした時、「あっ……ちょっと待って。あなたに差しあげたい本があるわ」。そう言ってリビングの奥に続く廊下の壁にある本棚や書庫のような部屋をチェックすると、二冊の古ぼけた本を抱えて戻ってきた。白水社から昭和十二年に発行された岸田國士訳「ルナアル日記」。ルナールは十九世紀から二十世紀のフランスの小説家・詩人・劇作家。赤毛のために家族から不当な扱いを受ける少年の成長を描いた「にんじん」が有名。私も子供のころに読んだ記憶がうっすらとある。でも何故、今日子さんはこの古い本を選んで私にくれたのだろう。背表紙もなく、手に取るとページがほどけてしまいそうなこの古い書物を。

この原稿を書きながら、本棚の隅にビニール袋に包んで置いてあった「ルナアル日記」を取り出してみた。今日子さんもいなくなり、私はまだこの古ぼけた二冊をきちんと読み終えていないことに気付き、恥ずかしさと申し訳なさに胸が疼く。ちゃんと読もう。そう思って同じくルナールの「博物誌」の文庫も入手した。「簡素で日常的な言葉を使いつつも、鋭い観察力から様々な優れた作品を……」、今日子さんのお父様である岸田國士が愛して翻訳をしたこの作家の作品を、きちんと読み返そうと思っている。

たとえば昭和の舞台での大女優、名女優をあげるとして、杉村春子・山田五十鈴・森光子としよう。どなたも素晴らしい演技を舞台にも銀幕にも残したプロ中のプロだ。今日子さんももちろんプロなのだが、三人の名女優たちとは何かが違うと感じてしまう。三人の女優たちはたぶん、観客がひとりでもいたら、照明が入って明かりに照らされたら、きっと極上の演技を始めるだろう。でも今日子さんは観客がひとりもいなくても、暗闇の虚空の中でも、興に乗って魂が動き出したら、いつも通りに演技を始めるような気がする。暗闇の中でひとり演じる今日子さんを想像していたら、私の耳孔の奥から「ゴトゴトゴト……」という懐かしいような音が聞こえてくる。針を持たないミシンのような、あてどもない銀河を行く夜汽車のような……。

私はずっと、女優という生きものの不思議について知りたいと思いながら、まだわからずにいる。女優のそばで育ち、その激しさと狂気と繊細さに呪縛されてきたのに、まだわからない。

今日子さんと食べたカレー風味の賄いパスタと、店屋もののうな重。もういちど一緒に食べられるとしたら……うな重がいいかな。でも、何も食べなくたっていいや。ただもういちど、今日子さんという女優に会いたい。

麗しき男たち——もういちど、食べられなかったあなたへ

森雅之さん　工藤栄一さん　原田芳雄さん

森雅之さん

私の好みでいうならば、日本映画史上最高にイカシた男優が森雅之。二枚目であるうえ、翳りや冷たさもあって、女が放っておけないタイプの男だ。森さんが出演した三本の映画（黒澤明監督「羅生門」一九五〇年、溝口健二監督「雨月物語」一九五三年、成瀬巳喜男監督「浮雲」一九五五年）は世界的映画祭で数々の賞を受けている。

そんな森さんを何回か「見た」ことがある。私はまだ小学生だった。やがて私は、森さんをめぐる三人の女と出会うことになる。

あの日、私は伯母と、伯母の女優仲間である堀越節子さんにつれられて、俳優座劇場に「森は生きている」を見にいった。まだ幼稚園児のころだから、初演の時だったと思う。芝居はとても分り易くファンタスティックで楽しかったのだが、横にいる堀越さんのひっそりと哀しげな気配が気になって仕方なかった。その気配は、当時しばしば伯母を訪ねて家へやってきた堀越さんがいつもまとっているものだった。家へくると伯母の傍らへ坐り込み、いつまでも小声で何か訴えるように話しながら、幾度もハンカチーフで涙を拭っていた。子供心にはあまり楽しい光景ではなかった。堀越さんは小柄で色白で、声も優しくか細く、美しい目鼻立ちもどこか輪郭がぼやけていて、私はいつも二十日鼠を思い出してしまった。

そんな堀越さんは戦前から劇団「文学座」のメンバーであり、小津安二郎監督「宗方姉妹」等にも出演している。同じころ、森さんも「文学座」のメンバーだった。

「森は生きている」の舞台が終ると、当時六本木から渋谷へ通っていた路面電車に乗り、夕食のためのレストランへと行った。店内は焦茶っぽい木の壁で、子供の客は私だけ。ウェイターが子供用の椅子を用意してくれたが、私はあれがどうも苦手で、大人用の椅子に坐らせてもらった。大きな木造りの椅子はお尻の下でツルツルと堅く、テーブルとの距離も少々無理なものがあったことを覚えている。その夜、私は初めてスパゲティを食べることになった。スパゲティ・ナポリタン。いつもなら私を気にかけてあれこれ話しかけてくれる堀越さんが、その時はあの小声でずっと伯母を占領していた。

スパゲティが運ばれてきた。毒々しい赤いソースにからめられたスパゲティをフォークでそっとほぐすと、ハムと玉ネギが混ざり合っていた。テーブルの位置があまりにも高いので、私は椅子の上に正座で坐って、スパゲティの一本を口に入れた。やるせないくらいきつい酸味と甘味のケチャップの味だけがした。参ったな……そう思ったとき、堀越さんが席を立ち、店の奥へ駆け込んでいった。伯母もあとを追った。ひとり残された私は不安になって、二人の駆けていった方を振り向いた。奥には電話室らしい小部屋があった。やがてその小部屋から、堀越さんの泣く声が聞こえてきた。小部屋の扉は下の方までなかったので、床に崩れて泣く堀越さんと、彼女を抱き支える伯母の姿が見えた。泣き声は次第に激しくなり、まるで吠えるようになった。そんな声を聞くのは初めてだった。羞恥と恐怖。大人用の椅子の上に坐った私は身動きすることもできず、眼の前にある赤いスパゲティ・ナポリタンをフォークですくって必死に口の中へと押し込んだ。

それからしばらくして、堀越さんの慟哭の原因が森雅之さんとの夫婦別れであったことを、幼心にもなんとなく感知した。

成城学園の初等科に入学すると、その森さんがいた。彼の息子が私と同級生だったのだ。その時には分らなかったが、堀越さんが慟哭していた頃、彼には別に愛する女性がいて、その息子が私と同じ年に成長していたのだ。その子の小学校入学を機に堀越さんと離婚したのだろう。当時、遠足にまで付き添ってくる両親など滅多にいないのだが、森さんは奥さんと度々いっしょにやってきた。その奥さんを見た時、私はぼんやりと不思議な感じがした。だって堀越さんが白い小さな二十日鼠とすれば、新夫人はウェーブのかかった豊かな長い黒髪と、浅黒い肌の彫り深い顔立ちをしたカルメンのような女性だったから。堀越さんの慟哭を聞いてしまっていた私は、そっと森さんを盗み見た。子供たちの歓声に充ちた遠足バスの中で、カルメン夫人にぴったりと寄り添われながらも森さんはその端整な横顔に〝やさしくていいお父さん〟とはちがう何かを漂わせながら窓外に眼をやっていた。高校生になって、森さんの父親である作家・有島武郎の「或る女」を読み、彼が最後、女性編集者とアナーキーな情死を遂げたことを知った時、私はなぜかあの遠足バスの中の森さんの横顔を思い出していた。

やがてもうひとり、森さんをめぐる女性と出会うことになる。脚本を書き始めた頃、母とふたりで住んでいたアパートの近くに、同じような職業の連中が集まる居酒屋があって、まだ若かった私は強引に誘われることがあった。ある夜、痩せた女優が私の前に坐っていた。壮絶な癌死で四十五歳の若い命を閉じた中島葵さん。素敵な個性派女優で、もちろんあの時はまだ元気。煙草をスパスパ吸いながら強いお酒を飲んでいた。まわりの連中と談笑しているうちに、なぜか森雅之さんの話になり、私は「彼の息子と小学校から大学までずっと一緒だったのよ」と言った。その一瞬後、彼女はグラスの酒を私に浴びせかけていた。なんでそんなことになったのかさっぱり分らないまま、私は濡れた顔を拭いて彼女を見つめた。彼女は真剣な眼をしていた。

こういう時、私はどういうわけか怒ったり驚いたりできない性質なのだ。ドウシタッティウノ？　しきりに謝るマネージャー氏が手短に伝えてくれたのは、葵さんが森さんのアマンの娘であるということだった。森さんには、堀越さんが慟哭した時、すでにカルメン夫人との間に私と同じ年の息子がいて、さらにその前に付き合った女性との間に、私より少し年上の葵さんという娘もいたのだ。胸が苦しくなった。そうしてまわりの連中にいくらいわれても頑として謝ろうとしない葵さんをいい奴だと思った。彼女はきっと、そんなことをしでかしてしまった自分に激しく腹を立てていたにちがいないのだから。

彼女が亡くなって、いつか世に出したいと願いながら書きためていた創作ノートが「もう片方の運動靴は咲き乱れる花の中に落ちている」という一冊にまとめられ出版された。贈っていただいたその本を読んで、葵さんが四十五年の生涯の中で、父・森雅之に会えたのはたった一度きりであったことを知った。「今後、一切の関係を持たない」という条件を付けられて。

ある仕事で成瀬巳喜男監督「浮雲」を再び見る機会を得た。日本映画の名作であると同時に、森さんにとっても最高の代表作である。林芙美子の原作をご存知の方も多いと思うが、南方の戦地で放蕩な恋愛をした二人が、戦争の傷あとを抱きながらそれぞれ内地へと帰る。女が男を探し出し、二人は荒涼とした東京の街で再会する。互いに幾度も別れようと思いながら、断ち切ることができないまま破滅へと沈んでいく……。やりきれないような映画だが、二人が互いを傷つけ合いながらも肩を寄せ合って、敗戦後まもない廃墟のような東京の街を幾度も歩きつづけるシーンは美しい。私は森さんのプライベートな顔は知らないが、それでも「浮雲」の主人公の、不実の限りを尽しながらも、誠実という虚無を抱くしかない姿は、なぜか遠い日に見た森さん自身と重なりあって強く胸をつかまれた。

私はずいぶん長い間、トマトケチャップが苦手だった。あのきつい酸味と甘味。近頃では改良されて、有機トマトで作った薄味のものも現われてどうにか食べられるようになった。それでもスパゲティ・ナポリタン（こんな名称のものは、昔なつかしい洋食屋にしかないかもしれないが）だけは口にしたくない。あの赤いソースにまみれたスパゲティを口にした時、私はいったい森雅之をめぐる三人の女の、それぞれに森さんを愛しつづけたにちがいない誰を思い出せばいいのだろう。その選択は哀しすぎる。

工藤栄一さん

私はどんなものであれ、輪郭がくっきりとして解りやすいのが好みではない。ひとでも食べものでもファッションでも、輪郭はぼんやり判然としないくらいがいい。だって輪郭は世界（他者）と自分（自己）とを分けるボーダーだから、それが柔らかければ内と外との行き来も自由になる。

そんな私が好きな食べものといえば白玉、道明寺粉《どうみょうじこ》で作った団子、ポンデケージョ（タピオカ粉の丸いチーズパン）。おでんの種ならちくわぶ、半ぺん。だからといって、白いものばかりが好きなわけじゃない。清冽な水をたっぷりと抱いた「越後屋若狭」の水ようかんは日本一好きな和菓子だし、煮魚の汁が固まりかけた茶色のプリプリした煮こごりも好きだ。どれも輪郭は曖昧だが存在感は深い。私にとっての工藤監督の魅力も同じだ。ぼんやりしているみたいで、鮮烈。「工藤映画の魅力は光と影を強烈に対比させた映像美だぞ」とお咎めを受けるかもしれないが、私には「曖昧な鮮烈」だ。

工藤さんを麗しき男たちのひとりに列したら、びっくりされるかもしれない。たしかに工藤さんはハゲチャビ（薄毛はあった）の坊主頭で、やや丸いお顔は蛸に似ているかもしれない。でも私には麗しき男の気配（色気）が伝わってくる。たとえば横顔に時おり宿る静けさ、とか、煙草を挟んでいる時が多い指。映画職人らしい無骨さとナイーブな繊細さが混ざりあって、なかなかセクシーな指だ。

こんな細かいことを書いたからといって、私は工藤さんとふたりきりでちゃんと話したことも、お酒を飲んだこともない。ド新人のころ、心の師匠である野上龍雄さんから哀れみをもって誘われ、工藤監督・野上脚本「必殺仕事人・特別編」の脚本作りの末端に加わったことがあるだけだ。打ち合わせにも呼んでもらったような気がするが、緊張していたのかまるで覚えていない。私は他者と接するとき、無愛想ではあっても緊張しすぎることはあまりない筈だが、なぜそうなったのか。たぶん、工藤栄一という監督が好きだったからだ。私は新人のころから、日本の映画監督で一緒に仕事をしたいなぁと思ったのは、まず（生意気承知で）大島渚監督。ほぼ全作観ている。大島監督とは全然ちがうけれど、工藤さんも好きだ。映画作品は数本しか観ていなくて、テレビの「必殺」シリーズや「傷だらけの天使」が好きだった。番組のファンだったこともあるが、工藤作品に漂う「曖昧な鮮烈」を感じ取り、監督ご自身のことが気になっていたのかもしれない。私自身、鮮烈はなくても、ぼんやりな輪郭が似ていて、故に、既存の世界には属したくないという気分が合うんじゃないかなぁ、と勝手に感じたりしていたのだ。その工藤さんと、末端であっても係わりを持てたのが嬉しかった。やがて、思いがけない僥倖につながることになるなんて――。

「必殺仕事人・特別編」の試写にも呼んでもらった。このときが、私が工藤さんのそばにいることが出来た一度きりの体験だ。試写室の後方の席で静かに坐っていたら、上映の少し前に、男がひとり入ってきて、私の前の椅子に坐った。そして被っていた帽子を取った。「あッ、工藤さん！」と私は心の中で声をあげた。なぜ彼とわかったのかといえば、そのころにはまだ薄毛なれどホニャホニャと長めの髪が生えていて、ちょうど頭頂部だから、背後から見るとウッドペッカーのようだった。私はなんだか愉快になり、ウッドペッカーのホニャホニャヘア越しに、出来上がった作品を観た。内容については朧《おぼろ》にも覚えていないが。

試写のあと、廊下のあたりにスタッフたちが集まっていて、私も隅っこに立っていた。と、工藤さんが私に気付いたらしく、声をかけてくれた。「珈琲、飲む?」。びっくりしたし嬉しかったけれど、じつは私、珈琲も紅茶も好きではない。でも、「はい。いただきます」と答えた。工藤さん自ら、スタッフ用に用意されていたコーヒーを淹れてくれた。私はそんな工藤さんの様子を見つめていた。工藤さんの静かな横顔。左手の指に煙草を挟み、右手でコーヒーを紙コップに注ぐ。その一部始終を目撃していたので、こんなにも細かく工藤さんの容姿や指のことを書けるのだ。

でも、それっきりだった。以来、工藤さんとお会いしたことはない。お会いはしていないが、京都のホテルのロビーでお見かけしたことがある。

そのころ私は、「必殺仕事人」の脚本を書くために京都の小さな旅館に滞在していたのだ。ロビーには心の師匠・野上さんもいて、野上さんと工藤さんは気心の知れた仲間なのに、気づかぬふりをしていた。工藤さんが若めの女づれだったからだろう。工藤さんと女がエレベーターに消えるのを待って、野上さんが嬉しそうに話しだした。「工藤はモテる。カッコいいんだぞ」。野上さんが説明してくる言語を理解するには時間がかかる(その理由は、野上龍雄さんの章に書く)。ようやく理解すると、「工藤は女をつれてホテルに入るとき、ヤボな荷物なんて持ってない。歯ブラシを一本、手拭いでクルクルくるんで、ズボンの尻ポケットに突っ込んで、それだけだ」。ふーん、と感心した。でも、時間が経って考え直すと、なぜ尻ポケットに突っ込んだのが歯ブラシ一本と分かったのかしら。手拭いでクルクル巻きにしてたら見えない筈なのに。ま、どっちでもいいけど。野上さんは工藤さんのことが好きで、カッコいい、と伝えたかったんだろう、と理解した。

それからじき、私の京都滞在は終わった。何本か「必殺仕事人」の脚本を書いたものの、ヘタクソだし向かなかった。私には善・悪の区別というものがよくわからないのだ。必殺仕事人たちが、あの手この手で当然のように殺してしまう、悪代官とか悪徳商人とか。人間ってそんな簡単に分別できるのかな。だからド新人の私はその時代の若者たちの孤独とか、自分という存在がイヤで自分を殺させようと仕組む女を主人公にしたり、ヘタクソなくせにむずかしいテーマしか思い浮かばなくて、「必殺仕事人」は止めて、京都にもサヨナラした。

京都から戻った私は、ＴＢＳ「家族ゲーム」でようやく自分らしい脚本を書き、初めてのちゃんとした映画脚本「それから」を書いた。その次の年、母が亡くなって間もなくのころ、深作欣二監督との仕事依頼がきた。深作監督は「仁義なき戦い」シリーズを筆頭に素晴らしい監督だが、アクションはリアルで凄まじく、男っぽい。人物造形（キャラクターたち）の輪郭もくっきりハッキリしている。私みたいなぼんやりで、温度も低めの脚本で合うのかしら。自信が無いと伝えたけれど、深作さんと結び合わせてくれたのが友人でもある東映社長の岡田裕介さんだったので、不安ながらやってみることにした。初めてお会いした深作さんが、「今度のは女主人公です！」とおっしゃったし……。たしかに吉永小百合さんがヒロインの与謝野晶子を演じたけれど、でもやっぱり、男っぽい世界観でうまく書けなかった。まずは私の力不足だ。もっと深作さんを蹴っ飛ばすくらいヤンチャに書ければよかったのだが、出来なかった。深作さんが創る女の造形にはある種のフェミニズムの匂いがいっぱいなんだもの。男尊女卑ではなく、彼にとって女という生きものは可愛がり愛おしむ「オナゴ」である、という男っぽさ。その延長としてのフェミニズム。

深作さんと一緒に仕事をさせてもらうことが決まって、わずか二ヶ月後くらいだったと思う。電話が鳴った。受話器から聞こえてきたのは、工藤さんの声だ。「ツツイさん？　工藤です。工藤栄一です」。一瞬、ぼんやりしてしまった。京都で一度だけお会いしてから六年以上になる。工藤さんの声が言った。「あなたの『それから』を観ました。いい映画でしたね。ボクと一本やりませんか？」。え？　え？　えッ!?　ドキドキして何も答えられずにいると、「ボクはね、アクションとか、賑やかで騒がしいのが得意だと思われているけれど、静かな映画を作りたいんだ。静かで、美しい映画。憧れの工藤さんと。もしかしたら「曖昧な鮮烈」を秘めた工藤さんとなら作れるかもしれない。すごくやってみたいと思った。でも、深作さんとの仕事を始めたばかりだ。

私はこれまで、脚本という仕事を掛け持ちでしたことがない。次の仕事も具体的には決めない。だってひとつの仕事を終えたら、少しくらい違う自分になっていたいじゃないか。次のことは、今が終わってから未来の自分が決める。そう自分に課してはいたけれど、憧れの工藤さんからの誘いなのだから、「ぜひ、やらせてください」と言えばよかったのに。でも、深作さんとの仕事のことを正確に報告して、「深作さんはタフでしつこいと聞いているから、いつ終わるかわからないんです」と、言ってしまった。工藤さんは静かな声で応えてくれた。
「そうか。残念。また、いつかね」。でも、いつかは訪れなかった。

それからあとも、このときのやりとりを思い出す。もしも工藤さんと組めたとしたら、工藤さんが作りたかった静かで美しい映画を作れたかもしれない。私らしい個性も少しは溶け込ませることができたかもしれない。工藤さんも私も、細胞の輪郭がくっきりハッキリしていないから、ちょっとだけ似ているから、と勝手に思ったりもした。じゃぁ、どんな映画を作るの？　私は夢想した。

あのとき思ったのは、例えば、「郵便配達は二度ベルを鳴らす」のような。この原作の雰囲気は人気があるらしくて、これまで四回も映画化されている。四回目の八一年版（ジェシカ・ラングとジャック・ニコルソン）では、欲望を激《たぎ》らせた男女が見つめ合いながら、キッチンのテーブルに置かれた物を女が荒々しく払い落とす。そして男が女をそのテーブルに押し倒し……という表現で、直接のセックスシーンは無い。二回目の四二年版の監督はルキノ・ヴィスコンティだ。これにも直接のセックスシーンは無く、男と寝る女の下着が汚れた衝立てに投げられるだけ。ヴィスコンティはのちに、退廃した貴族社会をメインに撮るようになるが、まだ若き日のこの作品では、ナチス体制下でスラムに生きる男女を描いていて面白い。

工藤さんには、工藤さんにしか撮れないセクシーな性愛映画を作ってほしかった。ありきたりのエロスではない、静かで深く、激しいエロスを。日本の男の監督たちの多くが描くセックスシーンを観て度々思うのだが、なんで激しいピストン運動ばかり撮るのかしら。「坊や、なに騒いでるの？」と言いたくなる。それにも増して、そんな定番のピストン運動に応えて、すぐにも歓喜の声を上げる女は何なのだろう。工藤さんには、スタティックにしてパッショネイトな性愛シーンを作ってほしかった。男の幻想ではないヒロインも。

工藤さんはたくさんの映画やテレビドラマを監督した。ビデオもVシネマも舞台もやった。その膨大な作品リストを見ると、彼は本当にやりたいモノを作れたのだろうか、という僭越な思いがこみ上げてくる。工藤さんは細胞の輪郭（自分と世界とのボーダー）を、くっきりハッキリわかりやすくなどしなかったから、どんな世界のカタチにも合わせようとして、それが出来てしまった。同時に、既存のどんな世界ともピタリと合うことなどなかったのではないか。だから曖昧な輪郭で世界と折り合いをつけながら、いつか出会えるピタリと合う映画を探しつづけた。そのことが工藤さんの反骨だったように思う。

静かでやわらかで、軟体動物みたいな工藤さんには反骨という骨があった。透明な骨だったかもしれない。そんな工藤さんは私にとって、やっぱり、麗しき男なのだ。

原田芳雄さん

映画俳優でも歌手でも運動選手でも、誰かのファンになったことはほぼない。奇妙な俳優がふたりいる家で育ったこともあるし、誰か（何か）に熱中するのが苦手な体質なのかもしれない。熱を孕んで思いを集中させたりすれば疲れる。幼いころから疲れやすかったのだ。

ひとりだけ例外があったとすれば、原田芳雄さんだ。海外にまで視野を拡げればトム・ウェイツもいるけれど。原田さんのことはたぶん、日活アクション映画「野良猫ロック 暴走集団'71」や「八月の濡れた砂」（どちらも藤田敏八監督）を観たあたりからカッコいいと思ったのだ。とりわけ惹かれたのは彼の頬骨。私が男に惹かれるセンサーポイントが頬骨なのだ。まだ乙女だった私のオンナゴコロが刺激されたのだろう。

なぜ、男の頬骨に拘泥するのか。理由はわからない。でも、もしかしたら——少女のころにたった一度だけ見た、小さな仏壇の下の母の引き出し付き小手箱の中に見つけた一枚の古ぼけた写真だったかもしれない。

その日はたまたま伯父も伯母も仕事に出かけていて、母も留守で、中学生の私ひとりなのに判コが必要な用事ができたのだ。判コの在りかなんて知らないから困ったけれど、母の小手箱を開けてみた。判コは無かった。引き出しを閉めようとして、ふと何かが気になって、引き出しの底に敷かれている千代紙をめくってみた。何故そんなことをしたのかまったくわからないけれど、そっとめくった千代紙の下に一枚の写真があった。ハガキ半分くらいの大きさで、少しだけ茶色っぽく変色していたそれには、男の人が写っていた。私は一瞬の勘で「父」だと思った。私が二歳になる前に母は父と別れていて、それ以来、父とは会っていない（正確にいえば三歳のとき、離婚手続きをする母につれられて、一度きり父と会った）。でも瞬間的に父だと感じて、私は急いで写真を千代紙の下にもどして引き出しを閉めた。写真の男の顔を正確に覚えてはいないけれど、頬骨を感じる人だということが、ぼんやりと幻影のように残っている。

原田さんの頬骨が好きで、それ以外の風貌も声もいいなぁ、と思った。ファンになったのだ。そのことを何かのはずみで伯父に話してしまった。伯父はびっくりした。伯父はそのころ、日活映画にときどき出演していた。所属する「劇団民藝」が日活と契約していて、劇団員である俳優は芝居公演がないときには、映画に出て稼いで、劇団にお金を入れなくてはならない。伯父も原田さんが出演する映画に出ていたのかもしれないし、舞台俳優としての係わりがあったのかもしれない。とにかく伯父は私の告白にびっくりして（そんなことを言うタイプの少女ではまったくなかったから）、でもなんだか嬉しそうに「おい、ともみ。原田芳雄に会わせてやろうか」と言った。頑な少女だった私は即答で「要らない」と言ってしまった。

それから間もない或る真夏の日。私は生の原田芳雄さんを見た！　いつも利用している小田急線祖師ヶ谷大蔵駅で。原田さんは向こう側の新宿からの電車を降りて跨線橋を渡り、改札口への階段を下ってくるところだった。すぐに原田さんだとわかった。ドキッ。カッコいい。私は改札を通るのを止めて、急いでその場を離れると、駅から東宝撮影所へ続く南への道を去っていく原田さんをウォッチングした。まずは改札を通る原田さん。もじゃっとした髪にトレードマークのサングラス。白いTシャツに洗い晒したブルージーンズ。かなりの至近距離で原田さんをウォッチしていた私は、やがてうしろ姿になって去っていく原田さんの姿に「あッ」となった。もじゃヘアの頭から下の方へと視線を降下させていたのだが、ジーンズに辿りつくと、ウォッチングが想像していたよりも早くに終わってしまったのだ。つまり——憧れである原田さんの脚の長さは、日本男児の標準的長さだった。ペタンコのゴム草履をはいていたからかもしれないが。そんな原田さんのうしろ姿を見た私はがっかりするどころか、なんだか愉しくなってしまった。

原田さんは、たくさんの映画やテレビや、たまに舞台にも出て、歌もうたって、どんどんいい「役者」になっていった。アウトローな役が似合ったから、サングラス着用も多かったし、プライベートでもサングラスは必需品だったのかもしれない。でも頬骨好きな私としては、世俗に溶け込まない、男の哀愁と恥じらいを宿す頬骨が、サングラスに隠れてしまうときがあって、ちょっと惜しくもあったけれど。

そんな憧れの原田さんと、いち度だけ一緒に仕事ができた。私はまだ新人に毛が生えたころで、初めての二時間半スペシャルドラマだった。TBSの「なんで結婚だって結婚」。演出の近藤邦勝さんがトンガったことが大好きセンスで、感覚的な言葉好きでもあったから、私は自信がなくて不安だった。オリジナルドラマだから、まず題材を決めなくてはならない。当時（八〇年代前半ごろ）、「結婚潮流」という、かなりリアルな結婚をめぐる雑誌があった。雑誌最後の方のページには「100人の釣書」というコーナーがあって、エリートな独身男のファイル（学歴、職業から身長、体重、預金額等々と顔写真）が載せられている。「条件のいい男を摑まえて結婚するのが人生の勝ち組」と唱える、恥ずかしいくらい下世話なウリをする雑誌。私がもっとも好きになれない思考・趣向の雑誌なのだが、だからこそこの編集者たちをモデルに（登場するキャラクターは全く別な人物を創るが）ドラマをやってみようかということになった。実在の編集部も、編集長はじめみんな若い女というのも面白かったし。で、「なんで結婚だって結婚」という、題材にフェイントをかけたようなタイトルにしたのだ。

ヒロインには、若き樋口可南子さん。編集長にいしだあゆみさん等々、当時のキレイ処の女優さんたちが次々集まった。迷ったのはヒロインの相手役の男。ありきたりの男はイヤだ。トンガったキャスティング好きな近藤さんとみんなで迷った。大いに迷っていたら、ふと思いついた。私の脳裡スクリーンにドカーンと浮かんだのは、和太鼓奏者の林英哲《はやしえいてつ》さんだった。もちろん林英哲さんは俳優なんてやったこともないし、興味もないだろう。近藤さんもスタッフのみんなも、初めはびっくりした。「なんで?」。私は用心深く言ってみた。「英哲さんの太鼓を打つときのうしろ姿の首すじが美しいから」。みんな無言になった。

無言になったけれど、英哲さんの演奏を聴いたり、ライブ映像を観ているうちに、みんなの気持ちも熱くなっていった。英哲さんが太鼓を打つときのうしろ姿は美しく、とりわけ、うしろの首すじが清潔でひたむきで、こんな男が相手なら、ヒロインがやがて「人生の勝ち組」みたいな結婚観を捨て、「一緒に暮らさなくても、一緒に生きていく」という人生のカタチを模索していけるだろう。そう感じたのだ。ダメ元と思って英哲さんにオファーをすると、「一生に一度」の覚悟として、ヒロイン(樋口さん)の恋人役を演じてくれることになった。ワーイ! 同年、英哲さんは和太鼓のソリストとして初めてとなる、ニューヨークのカーネギー・ホールでの演奏を果たし、世界的な和太鼓奏者への道を登りつめていく。

原田さんにお訊きしたことはないけれど、たぶんこのキャスティングを気に入ってくれたにちがいない。演出の近藤さんとは仲よしの原田さんも、いしだあゆみ編集長の愛人役で出演してくれることになった。編集長と彼が、忙しい時間の隙間をみつけて逢引きするとき、あゆみ編集長は必ずシャンプーをして、彼はその髪をドライヤーで乾かしてあげる。ふたりにとって、セックスの代りでもあるこのシーンの原田さんがステキ。白い厚手タオル地のバスローブを着て、ドライヤーを器用に使いながら、軽口を叩いて、仕事で疲れている女を癒す。ざっくばらんで面白くてセクシーで、原田さんにぴったりだった。

仲よしな原田さんと近藤さんのアイディアで、タイトルバックの映像を横尾忠則さんにおねがいすることになった。ドラマもヘンテコリンだったけど、横尾作のタイトルもびっくりだった。横尾さんから「100人の若い女と、100着のウェディングドレスを用意してください。どんなにボロッちい古着でも安物でもいいから」という指令がきた。スタッフたちは指令通りに集めた。できあがったタイトルバックは、ウェディングドレス姿の女たちがキャーキャー叫びながら、画面のこちら側から現れ、画面の奥へと何かを摑まえるかのように走っていく。女たちはうしろ姿だけで顔は見えない。突然、ウェディング姿だった女たちがみんな裸になって、それでもかまわず何かを摑まえようと走りつづける。で、タイトルイン「なんで結婚だって結婚」と、その女たちがキャーキャー言いながら、タイトルを叫ぶ。

このドラマの打ち上げ会のとき、私は原田さんと同じテーブルを囲んだ。私が原田ファンなのを知っている近藤さんが面白がってそうしてくれたのだと思う。緊張した。ただでさえ他人と愛想よく話すのも、大人数の集まりも苦手な私はほぼ黙していた。原田さんはいつものもじゃっとした髪で、サングラスをかけていた。と、原田さんが私に話しかけてくれた。

新潮社
新刊案内

2021 12 月刊

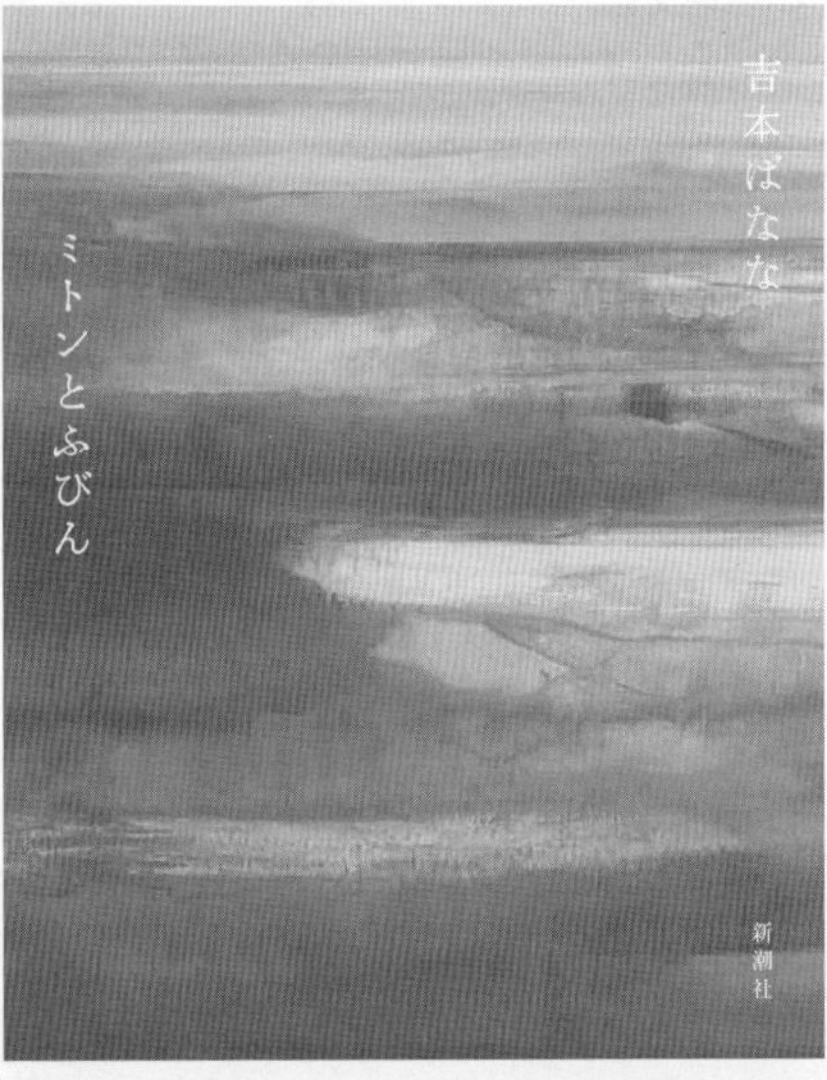

ひとりでカラカサさしてゆく

江國香織

12月20日発売●1760円

三人の男女はなぜ大晦日の夜に一緒に命を絶ったのか――。センセーショナルな死をきっかけに動き出すさまざまな人生を描く傑作長篇。

380811-4

ミトンとふびん

吉本ばなな

12月22日発売●1760円

愛は戦いじゃないよ。愛は奪うものでもない。そこにあるものだよ。癒えることのない喪失、めぐりゆく出会いをあたたかく照らす短篇集。

383412-0

2021年12月新刊

■新潮選書

時代小説の戦後史

柴田錬三郎から隆慶一郎まで

縄田一男

12月16日発売●1650円

『眠狂四郎』『柳生武芸帳』『魔界転生』『死ぬことと見つけたり』……ヒーロー誕生秘話と型破りな作家たちの実像を解き明かす。

603859-4

緑の天幕

リュドミラ・ウリツカヤ
前田和泉［訳］
12月22日発売●4180円
590177-6

スターリン後のソ連とロシアを生き抜いた、幼なじみ3人の群像劇。ノーベル文学賞候補に目される女性作家の大河小説、待望の邦訳。

秘闘
私の「コロナ戦争」全記録

岡田晴恵
12月22日発売●1760円
354361-9

「コロナの女王」は何と闘ったのか？　あの時、誰がどう動いたか？　感染症対策専門家である著者が「災厄の2年間」の罠に迫る迫真手記！

◎著者名下の数字は、書名コードとチェック・デジットです。ISBNの
◎ホームページ https://www.shinchosha.co.jp

＊本体価格の合計が1000円以上から承ります
＊発送費は、1回のご注文につき210円（税込）です。
＊本体価格の合計が5000円以上の場合、発送費は無料です。

新潮社　住所／〒162-8711 東京都新宿区矢来町71
電話／03・3266・5111

読書人の雑誌 波
月刊／A5判

＊直接定期購読を承っています。
お申込みは、新潮社雑誌定期購読「波」係まで―電話／0120・323・900（フリーコール）
（午前9時～午後5時・平日のみ）
購読料金（税込・送料小社負担）
1年／1000円
3年／2500円
※お届け開始号は現在発売中の号の、次の号からになります。

仲睦まじく見えた一家はどこへ消えたのか？

ノースライト

横山秀夫

誰にも住まれることなく放棄されたY邸。設計を担った建築士の青瀬は憑かれたようにその謎を追う。横山作品史上、最も美しいミステリ。●935円

131673-4

祝・しゃばけ20周年！＊累計940万部突破!!

またあおう

畠中　恵

若だんなが長崎屋を継いだ後の騒動を描く「かたみわけ」、屏風のぞきや金次らが昔話の世界に迷い込む表題作他全5編収録の外伝。●649円

146174-8

しゃばけごはん

畠中　恵 著
川津幸子 料理

卵焼きに葱鮪鍋、花見弁当にやなり稲荷……しゃばけに登場する食事を美味なレシピで再現。読んでおいしく作って楽しい料理本。●781円

146175-5

新潮文庫　12月の新刊

※表示価格は消費税（10%）を含む定価です。出版社コードは978-4-10です。

徴産制

【センス・オブ・ジェンダー賞受賞】

田中兆子

男が産む時代がやってきた――。『甘いお菓子は食べません』で女性の熱い支持を集めた著者による、男女の壁を打ち破る挑戦的作品！●737円

120622-6

鬼憑き十兵衛

【日本ファンタジーノベル大賞受賞】

大塚已愛

父の仇を討つ――！　復讐に燃える少年と憎形の鬼、そして謎の少女の壮絶な旅路。満場一致で受賞作となった新時代の伝奇活劇。●781円

103461-4

問答無用

櫻井よしこ

一帯一路、RCEP、AIIB、中国の野望に米中の対立は激化。米国は日本にも圧力をかけてくる。日本のとるべき道は、ただ一つ。●781円

127235-1

トヨタ物語

野地秩嘉

ジャスト・イン・タイム、アンドン、かんばん方式――。世界が知りたがるト

136255-7

して己れの矜持を賭けた戦い、組織と個人の葛藤を描く名作選　●693円

1R1分34秒
【芥川賞受賞】町屋良平
敗戦続きのぽんこつボクサーが自分を見失いかけるも、ウメキチとの出会いで変わっていく。若者の葛藤と成長を描く圧巻の青春小説。　●539円
103441-6

累計部数＊は単行本と文庫とコミックの合計です。

私にだって、普通の日常があった——過去、現在、未来を行き来しながら大切な記憶を綴ったエッセイ集。　●572円

新潮文庫nex
龍ノ国幻想2 天翔《あまかけ》る縁《えにし》
三川みり
皇尊即位。新しい御代を告げる宣儀で、龍を呼ぶ笛が鳴らないのは、「嘘」で皇位を手にした罰なのか。男女逆転宮廷絵巻二幕！　●825円
180227-5

新潮新書
12月の新刊 12/17発売

他人の顔色をうかがい過ぎていないか——？
ヒトの壁
養老孟司
コロナ禍、自身の心筋梗塞、愛猫まるの死を経て、84歳の知性が考え抜いた、究極の人間論！　●858円　610933-1

大坂城 秀吉から現代まで 50の秘話
北川央
秀吉の夢、淀殿の恋、家康の涙——日本一のドラマティック・キャッスルにまつわる歴史秘話。　●924円　610932-4

官邸は今日も間違える
千正康裕
アベノマスクなど現場を疲弊させ国民の信頼を損なう政策はなぜ生まれるか。元官僚が解説。　●946円　610934-8

ほしいものも、
会いたい人も、ここにはもう
なんにもないの——。
胸に迫る長編小説。

ひとりでカラカサさしてゆく

江國香織

大晦日の夜、ホテルに集まった八十歳過ぎの三人の男女。彼らは酒を飲んで共に過ごした過去を懐かしみ、そして一緒に命を絶った。三人にいったい何があったのか——。唐突な死をきっかけに絡み合う、残された者たちの日常。いくつもの喪失、いくつもの終焉を描く物語。

▼2月0日発売◎1760円 978-4-10-380811-

ちゃんとした言葉を交わすのは初めてだ。ドキドキしちまって、何を話したのかよく覚えてない。でも、そのときの原田さんの仕草と、そのあとのことは鮮烈に記憶している。原田さんは私に話しかけながら、サングラスを外した。そして私の方を見てくれた。その原田さんの双眸は斜視だった。

　俳優にも斜視のひとはいて、でもカメラが廻ると斜視を直せるらしい。眼の筋力（？）を緊張集中させて斜視を矯正する。そしてカメラが止まると、ホッと息を吐《つ》くように、斜視へと戻っていく。たぶん原田さんもそうだったから、サングラスをかけていると疲れなかったのかもしれない。でも、私の心をつよく捉えたのは斜視のことではない。その眼のまわりに、細いけれど、黒い目張り（アイライン）がしっかりと引かれていたのだ。理由はよくわからないが、仕事のときにはときどきそうすると、近藤さんから聞いた。もしかしたら原田さんは、自分の眼の在り様が気に入ってなかったのだろうか。

　あの美しい頬骨のそばに在る、自分の眼を持て余していた原田さんを知ったとき、私はいっそう徹底的に原田ファンになった。この男《ひと》は信用できる。

　原田さんと一緒においしいものを食べる機会はなかったけれど、遠い日にいち度だけ見た写真の男とどこか似ていた原田さんの頬骨を、まさか齧っちゃうわけにはいかないが、せめてそっと、触ってみたかった。

藤田敏八さんと「コンニャク」

藤田敏八《としや》監督（通称パキさん）とは幾度も一緒に仕事をする機会があったし、脚本も出来て撮影のスケジュールもほぼ決まっていたのに、なぜか成就できなかった。その時々の、いろんな理由で。

パキさんと初めてちゃんと会話したのは、八〇年代の半ばごろ。パキさん人気が絶頂期のころだ。監督としては「スローなブギにしてくれ」とか「ダブルベッド」。俳優としては鈴木清順監督「ツィゴイネルワイゼン」での演技が評価されて日本アカデミー賞優秀助演男優賞を受賞。

そんなパキさんから、ちょっと聞きとりづらいくぐもった声で「一緒に仕事しませんか？」と電話がかかってきた。私は初めての連続テレビドラマ「家族ゲームⅠ・Ⅱ（長渕剛主演）」を書き、これも初めての映画脚本「それから」を書き終えたばかりの新人だった。もしかしたら何処かの酒場で遭遇して紹介されたことがあったかもしれないが、両者ともお酒を飲むと深酒するタイプの人間だから、正確な記憶などない。勿論私の方は藤田監督の映画を何本か観ていたし（「八月の濡れた砂」とか「赤ちょうちん」）、ちょっとカッコよくて女にもてる、という風聞があることもなんとなく知っていた。だから不謹慎にも「面白そうかも」などと思いながら、お会いすることにした。

店はあなたが指定してよ、と言われたので、渋谷の東武ホテルと公園通りを挟んだビルの地下一階にある店にした。そのころNHKドラマを書いていたのでよく使う店だった（店名は忘れた）。かなりゆったりとしていて、昼間からお酒も軽い食事もできる。和風イタリアン？

初夏の午下がり、店に入っていくと、パキさんはすでに革張りソファの席にいて、片腕をソファの背に置いて、煙たそうに眼を細めながら煙草を吸っていた。型通りの挨拶を終えるとすぐ、「ワインでも飲みますか？」と訊かれ、私もすぐ「ハイ。いただきます」と応えて白ワインを注文した。気持ちのいい午下がりにはドライマティーニの方が似合うけれど、ワインにしておいた。パキさんはたしかオフホワイトの麻っぽいジャケットを着ていて、胸ポケットにサングラスを差し込んで、しゃくれ顎のそばには口ヒゲがあって、男ざかりの五十代のころで。風聞通りのもてそうなオヤジなのだが、何を仰っているのかよく聞きとれない。耳を澄ましてみるがよく分からない。だって、モゴモゴ喋るのだ。喋り方だけではなく、内容もなんだかモゴモゴしていて明瞭ではない。それこそが、パキさんが女にもてる要因であることを知るのは、ずっと後になってからだ。

原作物ではなく、オリジナルで男と女の話をやりたい。映画でもいいし、テレビの二時間ドラマでもいい。その脚本を書いてほしい。で、いろんな取り留めのない話をダラダラモゴモゴつづけて。そういう私もあまり口を開けずに低めの声で早口に喋るから、ダブルモゴモゴで時間が過ぎていく。

何かつまむもの頼んでよと言われ、私がこの店でいつもオーダーする「コンニャクのサイコロステーキ」にした。小さめの丸型にした黒コンニャクを少なめの油でじっくり炒め、醬油とおかかをまぶして。これがなかなか旨いのだ。もしかしたら「ツィゴイネルワイゼン」で大谷直子さんがコンニャクをやたらと千切るシーンが脳裡をよぎったのかもしれない。ゴクゴク（ふたりがワインを飲む音）、モゴモゴ（喋る音）、プリッモグ（コンニャクを食す音）。

男と女のラブロマンスを未来形にしてみたらどうだろう、という話になり、私は提案した。SEXには子孫存続のための「生殖」と「快楽」のふたつの要素がありますが、女たちが快楽を選んで生殖を外したらどうなるか。生殖目的なら、例えば指先を付け合うだけでいいとか。パキさんが言う。人工授精のイメージか？　ちがう、と私。男は必要なくなって、アマゾネスか？　ちがう。生殖から解放されたとき、「SEX」や「恋愛」がどう変容していくのかを考えてみたいんです。どう鍛えられていくのか。そんな真面目なやりとりをモゴモゴしているうちに、パキさんがヒゲ付きの口元に微笑を浮かべながら言った。「しかしさ、女というのは、惚れた男の子供を欲しがるものでしょう」。

ええェッ。不意をつかれたけれど、あの時のパキさんの声も表情もよく覚えている。私がモゴモゴながら伝えようとしたのは、男だけじゃなく女自身さえもが囚われている、SEXにまつわる通念を疑ってみませんか？　ささやかな反逆をこめて、未来的なラブロマンスにしてみませんか？　そういう提案だった。でも、「女というのは、惚れた男の子供を欲しがるものでしょう」なんて、パキさんに言われてしまったら、この企画は成就できそうにない。その思いを伝えた。パキさんは新人の女脚本家の生意気を、少しの嫌な顔もせずに受けとめてくれた。

余談になるが、藤田監督が何故パキさんと呼ばれるのか。私も初めての会話の時から疑いもなくそう呼んでしまったが、パキさんご当人もよく分からないらしい。パキスタン人に似てるからじゃないの、と言う人もいたとか。私はパキスタン人について詳しくないが、モゴモゴ喋ってよく分からないところやロヒゲがちょっと怪しげで、イメージを誘うのかもしれない。ふと思い出したのだが、私の古い女友達が日本に来ているパキスタン人と恋をして一緒に暮らしていたが、その後、パキスタンでは一夫多妻制が認められていて故国には複数の妻がいることを知り、悩んでいたっけ。パキさんも恋多き御仁のようだったから、そこもパキスタンに通じているのだろうか。

一緒に仕事をする二度目の機会は、パキさん本人からではなく、松竹のプロデューサー奥山和由氏から連絡をもらった。「原作が高樹のぶ子さんの『波光きらめく果て』で、監督が藤田敏八さん。監督が脚本はツツイさんにと」。原作を読んでいなかったので読み、パキさんとならやってみようと思った。でも他の脚本を書いていたのですぐにはできない。私は掛け持ちの仕事はしない主義なので、その旨を奥山氏に伝えた。待っていただけないかと。奥山氏いわく「忙しいなら、だれか若いのを使いましょうよ」。私はそんなことをしたことがないので、「若い方と組むならちゃんと共同脚本にします。まず打ち合わせからやらせて下さい」と言うと、「そんな堅苦しいこと言わないで、書かせてみて駄目なら使わなけりゃいいし、使えるところがあれば使えばいい」。

なんて乱暴なことを言う人だろう。奥山氏は当時、乱暴なくらいの勢いで多作してブヒブヒいわせていた。私はブヒブヒも乱暴も好きにはなれず、そんな方がP（プロデューサー）をやる仕事は嫌なので、せっかく声をかけてくれたパキさんには申しわけないけれど辞退した。パキさんに電話で伝えると、受話器の向うでフムフムモゴモゴと受けとめてくれた。私などいなくても、映画は事無く進行していく。その脚本を書かれたのが、尊敬する先輩の田村孟さん（大島渚作品を多く書いている）だと知って嬉しくなった。パキさん、よかったね！

三度目の機会はそこから約十年後。その空白期間の最初のころに映画「リボルバー」（沢田研二主演）を撮ったあとは、俳優業がパキさんのメインになっていく。

パキさんは俳優をやることについてこう言ってらした。「ボクの俳優は遊びじゃない。ちゃんと訓練を受けているからね」。実はパキさんは若いころ、浪人生活を経て東京大学仏文科に進み、在学中に演劇に熱中して、俳優座養成所に第五期生として入所している。「同期は平幹二朗だぜ」が自慢だったらしい。なんとなく中途半端なエリート感がパキさんっぽくってたのしい。

その俳優時代のパキさんと一度だけ仕事をした。久世光彦演出で私が脚本を書いた「響《きょう》子《こ》」。森繁久彌さんが親方役の石材店で働く、初老の石工役だ。無口でちょっと理由《ワケ》ありそうな。ゴツゴツした石が積まれた夜の作業場で、ハモニカで「朧月夜《おぼろづきよ》」を吹き、ポロリと涙を流す……などという難しいト書きがあるが、パキさんはちゃんと出来たのだろうか。覚えていない。

このドラマが終って程なくのころ、パキさん自身からか友人の片岡プロデューサーからだったのか覚えていないが、三度目の、そして最後になってしまう機会がやってきた。原作は林真理子さんの「不機嫌な果実」だという。

まず、パキさんと会った。私がそのころカンヅメになっていた赤坂のホテルのラウンジ・バーでだったと思う。パキさんは開口一番「ねえ、今度は書いてよね」とモゴモゴ言った。愛想もよろしくない私なんかに幾度も声をかけてくれるのは嬉しかったけれど、それが一緒に仕事をする理由にはならない。

林さんは文章が親しみやすく、とりわけ女たちに人気のある売れっ子作家だ。でも私には遠い。登場する女たちの感性や感受性が遠いのだと思う。分りやすく分類するなら、林さんの書く女たちには世の中の多くの女たちが共感するだろうが、私の女たちは少数派だ。メジャーとマイナー。そんな私に、夫・前恋人・新恋人の間をなんとか継ぎ合わせながら、利那的な快楽と「あとはお任せ――！」できるような安泰を求める、可愛くてタフな女なんて書ける筈がない。

そのことをまず、パキさんに伝えた。久しぶりにお会いするパキさんは少しだけ老けていて、ウェーブのある前髪あたりに白髪が増えていたけれど、トレードマークのような煙たい顔で煙草をくゆらせながらフムフムとうなずいた。「ボクも同じだよ。あの女（ヒロイン）

をやりたいわけじゃない」。え？　じゃあ、どうして？　パキさんのモゴモゴ説明によれば、会社（松竹）から渡された企画だという。「だからボクとしては、あの女のキャラクターを変えてほしい。あなたの納得できる女にしてほしい」。即答でお断わりした。ヒロインのキャラクターを変えるなんて原作者に失礼だ。そんな非礼の共犯者になりたくない。それにあのちゃっかり可愛くてタフな女像を変えたりしたら、林作品らしさが薄れてしまう。どうせやるのなら、それはつまらないことだ。

それよりパキさん。私は思っていることを訊いた。どうしてパキさんはヒロインを好きになれない企画を引き受けたの？　パキさんにはもっとビタースウィートな大人の映画を作ってほしい。例えば、トリュフォーの「柔らかい肌」のような。パキさんと知り合ってからずっと思ってきたことだ。日本映画界で、ビタースウィートな男女の映画を作れるのはパキさんしかいない！　それを受けたパキさんの口ヒゲがピクンと動いたかどうかは覚えていないけど、こう言った。「いいねぇ、『柔らかい肌』」「やって下さいよ」「でもね、『不機嫌』の方の企画が松竹でもう通っちゃってるんだよ。ボクも『リボルバー』から十年近いブランクがあるからね。肩慣らしでやっておきたいんだよ。その次に、必ずトリュフォーめざしてやりますから」。絆《ほだ》されてしまった。

だからといって私は、林作品の女を映画のヒロインとして造形することは上手ではないと思うし、作品の魅力を損なうかもしれない。で、こんな提案をした。「麻也子（ヒロイン）は原作のままに造形して、もうひとり、別の女（副ヒロイン）を登場させませんか？　麻也子とは生き方も価値観も正反対の、スナフキン（『ムーミン』シリーズに登場する、遊牧民のように旅をするキャラクター。孤独の達人）のような女を。そうすれば作品のテーマを別の角度から際立たせることができるかも」。パキさんはこの提案をとても気に入ってくれた。

そのアイディアをパキさんに話しているのと同時に、不思議な映像が脳裡スクリーンに見えてきてしまった。スナフキンみたいなひょろりと背の高い女が夜の街路を裸足で歩いている。後から酔っぱらった三人の男（ヒロインの夫・前恋人・新恋人）がユラユラとついていく。まるでハーメルンの笛吹き男に誘われるように。女はフェンスの向うに何かを見つける。無人の夜のプールだ。女は軽々とフェンスをよじのぼって向う側へいくと、服を脱ぎ捨ててプールに飛び込む。気持ちよさそうに夜のプールを泳ぐ。男たちもたまらなくなってフェンスをよじのぼり、次々とプールに飛び込んでいく――。

頭に浮かんだイメージをパキさんに伝えると、パキスタン人っぽい顔をぐしゃぐしゃにして笑って、「いいね」と言ってくれた。スナフキン女を味方につけた私は、林さんの原作を損なわないように注意しながら脚本を書いた。

ヒロインには南果歩さん。スナフキン女には私の希望で鷲尾いさ子さんが決まった。夫と前恋人のキャストも決まったのだが、問題は新恋人。ピアニストでマザコンでイタリア留学を目論んでいる、高等遊民《ディレッタント》みたいな男。それこそパキさんの若いころもよかったかもしれないが、日本の男優で高等遊民が似合う人はまずいない。考えた。悩んだ。そのときふと、舞い降りてきた男がいた。町田町蔵（現・町田康）さん。自分でもゾクッとした。彼のパンクロックの歌を聴いているし、「文學界」に掲載された「くっすん大黒」も読んでいた。面白かった！　私が具現してほしい新恋人にぴったりだ。さっそく片岡Pにリサーチしてもらい、パキさんにもアイディアをきいてもらった。「おッ、いいね」とモゴモゴ。

町田町蔵さんとお会いできることになった。たまたまマネージャーでもある奥様が、私が食材のほとんどを仕入れている「地球人倶楽部」のメンバーであることを知ったので、きっと日々旨きものを食べているご夫妻に違いないと察して、当時（九〇年代半ば）、かなり旨い中華を食べさせる六本木の「龍坊」を予約した。

悠々とした奥様と現われた町田さんは、想像していた通り華奢で硬質で美しくて、でもちょっと壊れている感じがたまらない。彼が演じてくれたら、この映画は秘そやかにアナーキーで滑稽で変態でもある、大人のラブロマンスになるかもしれない。パキさんにぴったりじゃないか。私と片岡P（パキさんはまだ同席していない）で一所懸命に映画の説明をして、パキさんの面白エピソードなどを語って口説いた。そうするまでもなく、町田さんはパキさんに興味を持っていてくれた。そして「やってみましょう」という返事をもらった。大胆で可笑しいベッドシーンもあるのだが、いいですよ、って。ワーイ!!

でも、思いがけないことで、この素敵なキャスト案は流れてしまった。あるところ（人物）から「ノー」が入ったのだ。勿論、町田さんには何の関係もない。パキさんも私も片岡Pもどんなにか楽しみにして待ち望んでいたのに。映画はすでに撮影スケジュールも上映館もほぼ決まっていたので、先に進むしかない。私はスナフキン女を理解し愛してくれたパキさんだけを頼りに、脚本を書き上げた。

あのころ、パキさんと私はよく飲んだ。下北沢あたりが多かった。女にもてるパキさんなのに、酔うと鼻水やヨダレもだらだらと流して、ますますモゴモゴのズルズルで、何を喋っているのかよく分りもしないのに、仲よく飲んでいた。そんな六月半ばのある夜のこと。撮影準備の開始が三日後に迫っていた。夜も更けたころ、パキさんがモゴっと言った。「明日、病院で、検査してくる」「えッ、なんで?!」「ちょっと背中が痛くてさ。大丈夫、検査だけだよ。なんたって久しぶりのメガホンだからね。用心しとかないと」。

そしてパキさんは病院へいき、そのまま帰らなかった。二ヶ月後の一九九七年八月二十九日。享年六十五歳。

映画をストップさせることはできず、パキさんの代りに、初めて長編映画を撮る若い監督が抜擢された。私はパキさんのために脚本を書いたのだから、降ろしてほしいと頼んだのだが、それも叶わなかった。若い監督はテンポよく上手に撮っていたけれど、スナフキン女には愛も興味も持てなかったらしい。

パキさんは病室で監督降板を映画会社の方に報らされたときから、急速に弱ってしまったらしい。今回の原稿を書くために、パキさんをよく知る、というか弟分のようだった脚本家の桃井章さん（桃井かおりさんのお兄ちゃん）にいくつかのことを教えてもらった。監督降板を機に、眼に見えて弱ってしまったことを知り、悲しいというより、口惜しいというか、私自身が腹立たしかった。

そんな私を励ましてくれたのは、章さんから聞いたこんなエピソード。最期が近い病室には、四人いた奥さんのうち三人がちゃんと来てくれていたという。モゴモゴしてるくせに、平気で残酷なこと（次の女ができて、前の女を捨てるとか）をしても尚、どの女もパキさんを嫌いにはならなかったらしい。そして、モゴモゴ何を喋ってるのかよく分からないから女たちはパキさんの気持を忖度して、その距離を縮め、彼の中に入っていく。入ってしまう。モゴモゴは生来身についた女を捕まえるための囮《おとり》だったのかもしれない。

私もパキさんの囮に気付いてはまっていたら、もう少しパキさんの役に立てたのかもしれない。でもパキさんは私には囮など仕かけてくれなかった。たぶん似ているところ（ダブルモゴモゴ）があったから、近づく必要もなかったのだろう。

パキさんともう一度食べるとしたら、やっぱりコンニャクだ。最後の居酒屋で食べた煮込みにもコンニャクが入っていた。「サイコロステーキ」なんて気取ってワインと一緒に食べてみても、コンニャクはコンニャク。コンニャク芋から出来ている。モゴモゴしているけれど素敵な映画を撮り、俳優も演り、女たちにもてて、なかなかカッコいいのにどこかダサい（素朴）のが、パキさんの魅力だったと私は思っている。

向田邦子さんと「おうちごはん」

向田さんとはちゃんとお会いしたことも言葉を交したことも、ご挨拶したことさえない。ただ一度きり、ほんの数秒眼が合ったことがあるだけ。でもその数秒はきわめて強烈だった。まず、そのことから書いてみる。

一九八一年の八月。赤坂の町にはシトシト〳〵夏の雨が降っていて蒸し暑かった。その夜、私は初めて向田さんと妹の和子さんが営む「ままや」へ連れて行かれた。まだヒヨッコだった私だがラジオドラマの脚本を依頼され、それが完成した日だった。プロデューサーが晩ごはんをご馳走してくれるという。『ままや』へ行ったことある？　向田邦子さんがやっている店」。噂には聞いているが行ったことはありませんと応えると、「じゃあ今夜、連れてってあげる」。

「ままや」の前の路地に、見たことのある痩せっぽちの女の子が立っていた。新進女優の岸本加世子さんだ。「ままや」名物の焼きおにぎりのテイクアウトを待っているらしく、でもお店の中で待っては迷惑だから、店の外で傘をさして雨の路地に立っていた。あのちょっと怒っているような泣いているような顔で。チラッと見ただけなのに「いい子だな」、と思ったことを覚えている。

プロデューサーと並んでカウンター席に坐った。その夜注文したものはほぼ覚えている。「冷しトマトの青じそサラダ」「わかめの翡翠炒め」「人参のピリ煮」「鮎の風干し」「さつま芋のレモン煮」「鶏レバーの生姜煮」等々。人生全般の記憶は覚束ないが、食べものの記憶だけは存外確かなのだ。それらの品々は自分でも作るようになったし。

カウンター越しの厨房では、まだ慣れない和子さんが無言のまま一所懸命料理を作っている。懐かしくて美味しい料理もお酒もいただき、そろそろというころ。私はご不浄へ行こうと席を立った。と、入口に近いテーブル席で数人の客と楽しそうに話していた女のひとも席を立った。四、五メートル位離れたそのひとと眼が合った。すぐに向田さんだと分った。雑誌やテレビで見知っているから。眼が合っていたのは二、三秒だったのかもしれないが、もっと長く感じた。とにかく眼力《めぢから》の強い方で、その眼から「ビ、ビ、ビ——」とビームのようなものが発せられて、私の眼に届いた。少くとも私にはそう感じられた。よろけずに受け止めるのが精一杯だった。静止したような時間が動き出し、向田さんが片手で「ご不浄どうぞ」と示してくれたので、私は小さく会釈を返してご不浄へ行った。微かに息が弾んでドキドキしていた。

そのとき、もうひとつ心にひっかかることがあった。うまく言語化できないのだが、数秒間眼が合っていたときの向田さんの輪郭が透明に見えたのだ。

このことは家に帰ってすぐ母に話した。母はひっそりとした声で「そうなの」と言い、他の知り合いにも話してみたが、たいてい相手にもされなかった。やがて数年が過ぎたころ、向田さんと同じように輪郭が透明、というか白っぽく発光している男（松田優作）を見ることになるのだが。
そして、私にとって強烈だったこの夜の翌日、向田さんは台湾へと旅立ち、帰らなかった。

たった数秒間、眼が合っただけの向田さん。でもそれから後、ヒヨッコの私も少しずつテレビドラマを書き、映画や舞台、小説や随筆（これもそうだ！）も書くようになっていく。モノ書きになりたいなんてこれっぽっちも思ったことのない私が、なぜだかモノ書きの道をよろけながらも歩いていくことになる。そうなった、そうなれたのはあの夜、向田さんから発せられたビームを、緊張で体を固くしながらもどうにか受け止めたからではないか。これまで誰かにそう話したことも、言語化してみたこともないけれど、心の深い部分でそう思ってきた。だからなのか、モノ書きの道を歩き出した私にとってのターニングポイントにはいつも、向田さんの気配（存在）のようなものがあった。

向田さんが亡くなった次の年、TBSの名ディレクターから呼ばれた。故・服部晴治さん。他の誰よりも、向田ドラマの真髄をデリケートに伝えた演出家だ。久世光彦氏もそう言っていた。「ボクは数はやっているけど、向田さんに影響を与えたのはハットリだよ。ハットリの演出だ」。そんな服部さんが何故私なんかに声をかけてくれたのか。これがなかなか面白いというか、女たちの企みというか、思いつきの賜物なのだ。
私の大学時代からの仲よしY子が、服部さんの元妻K（といっても、たったひと晩、籍を入れただけ。生まれた赤ちゃんのために。勿論、彼女の選択でそうしたのだ。服部さんはKにインスパイアされて人気ドラマ「離婚ともだち」を作った）と親しく、そのKから「ドジ（服部さんのニックネーム）、向田さんが亡くなってから元気ないんだよね」と聞かされ、ふと思いつく。「おッ……ツッ（私のこと）が脚本書いてる。合うんじゃないかな？」。かなりぶっ飛んだキャラのKも私のことをちょっと知っていて、「おッ……合うかも！」と意見が一致したので、さっそく服部さんに伝えると、「おッ……そりゃ嬉しいな。ふたりのヘンな女がそういうのならいけるかもネ」とモノゴトはシンプルに進んで、服部さんから電話がかかってきたのだ。

赤坂にあるTBSの三ロビ（喫茶ルーム）で、初めて服部さんと会った。お洒落でセンスが良さそうで、毛が濃い。口のまわりにはデン助ヒゲのような剃り跡があるし睫毛も濃く長い。憧れのディレクターを前にして緊張している筈なのに、ドジというニックネームを思い出して楽しくなってもいた。服部さんから頼まれたのは、TBSの金曜ドラマの枠。すでに撮影も始まっていたのだが行き詰まってきたので、リリーフとして幾本か書いてほしいと。そんなこと出来っこない。無理だ。連続ドラマを書いたことさえないのだから。でも結果として、やってみることになった。服部さんも冒険をしてみるのだから、私も冒険をしなくては。無謀であっても。ミステリーっぽいラブストーリーで、「あまく危険な香り」というタイトルだった。私の脚本は甘くもなく、危険なくらい無器用でヘタクソだった。

そんなことがあったのに、服部さんは私を見ていてくれたらしい。よっぽど向田さんロスが深かったのかもしれない。五年後、私は服部さんの最後の作品を手伝うことになる。

その五年の間に、服部さんは天才的な新人女優・大竹しのぶさんと大恋愛をして結婚。でもじき癌を患って。これが最後になる、と覚悟していたドラマの脚本を依頼された時、服部さんの癌は末期にそう遠くはなかった。私も報らされたし、まわりのスタッフもみんな知っていた。だからこそみんな、協力したいと思ったのだ。でも依頼された企画、というか服部さんがやりたいドラマの内容をきかされた私は挫けそうになった。だって私がとても苦手な世界だから。加藤治子さんの章でも触れたように、湘南あたりの町に暮らす若い子持ちのママや女たちが、力を合わせて、市議会選挙を戦っていく、という物語。ほぼ自分との接点が見つからない。故に、書けそうにない。でも書いてよ、書けません、の押し問答を、TBS近くの喫茶店でくり返したが、服部さんの「しのぶのために、最後にこれを作りたい」という思いの強さに何も言えなくなり、書かせてもらうことにした。やっぱり無器用でヘタッピイな脚本だった。もしも向田さんがいたら、服部さんの最後はどんなに幸せだったろう。そう思うと切なかった。

そんな服部演出による向田脚本のドラマを、私は大学生のころから観ていたけれど、一九七七年の「冬の運動会」は向田作品の最高傑作だったかもしれない。その二年前、向田さんは乳癌を手術。輸血による血清肝炎と術後の後遺症である右手の不自由を抱えながら、「銀座百点」でエッセイ「父の詫び状」の連載開始。原稿を左手で書いたという。その翌年に書かれたのが「冬の運動会」。それまでの向田作品とは明らかに違う、家族であっても、孤独で淋しさを抱える人たちの物語だ。服部演出は、そんな人々をひっそりとデリケートに受けとめながら、きわめてビビッドな情感溢れるドラマに仕立てている。向田さんもとても気に入っていたという。気に入らないと、フィルム（ビデオテープ？）に火を付けて燃やしてやりたい、などと物騒なことを言ってらしたと聞いたこともある。次にふたりが組んだ「家族熱」と、演出は服部さんではないが「幸福」のＴＢＳドラマ三本が、本当に向田さんらしい作品だったと私は思っている。

向田さんと服部さんは蜜月のまま、それなのに向田さんは突然に逝き、服部さんは後を追うように向田さんと同じ癌という病を引き受けた。そんな服部さんにとっての最後になるドラマのタイトルは「モナリザたちの冒険」。

撮影が始まって間もなく、私の母がクモ膜下出血で逝き、服部さんの癌はすでにモルヒネ使用のステージになっていて意識が時々混濁する。それでもスタッフはみんな服部さんがプロデューサーであることを、彼の作品であることを大切にして、私が書いた脚本はまず最初に服部さんに読んでもらった。モルヒネのせいで読めない日も多くなり、連ドラの脚本は週に一本書けばしのげるのだが、それが四日、三日しか使えなくなり、本当にシビアなスケジュールだった。服部さんを本当に凄いと思ったのは、最終回の編集作業が終り、それを見届けると意識が遠のいて、そのまま逝ってしまったことだ。

ドジなんてニックネームで呼ばれることを愉しみ、女にもててスキャンダルも多かったけれど、いい仕事もたくさんの恋もして、大竹しのぶという女優の成長の基を作り、最後の作品もきちんと作り上げた服部さんは、極めて硬質で才能豊かな男《ひと》だった。

そんな服部さんと仕事ができたのも、服部さんが向田さんロスになっていたからだ。そして次に向田さんの気配のなかで出会うのが久世光彦さん。

久世さんと初めて挨拶を交したのは、脚本家の池端俊策さんの受賞パーティーの会場だった。パーティー嫌いで新人の私がどうしてそんなところにいたのかまるで覚えていない。そのときのことを、後になってから久世さんはおちょくりを交えてこう話してくれた。「あの時、あなたの方にいこうと思ったけどさ（つまり、粉をかける、の意）、あなたハットリのコレ（小指を立てて）だったでしょ。だから遠慮しといたの」、だとさ。何言ってんだろ、このオヤジ、と思ったものだ。でもよく考えてみると、久世さんは服部さんをとても認めながら良きライバルでもあった。ふたりの間には大事な向田さんがいた。だから久世さんは、ハットリさんが脚本を書かせた私なんかに興味をそそられたのではないか……。向田さんの気配が、久世さんと私を結びつけてくれたのだ。

そんな久世さんは折に触れて向田さんとのエピソードを話してくれた。久世さんにとって向田さんは、なんでも話が通じる大好きな姉さんであり、頼りになるよき仕事仲間でもあった。羨ましいよなあ。でも久世さんは食べることにはまったく興味をお持ちではなかったから、向田さんの食いしん坊仲間にはなれなかっただろう。

向田さんとのこんなエピソードも聞いた。ふたりは打ち合わせをしていて飽きてくると、いろんな言葉ゲームを愉しんだ。死なせてしまうのは勿体ない日本語を次々挙げていくとか。例えば「じれったい」「辛抱」「癪にさわる」「時分どき」「冥利」「到来物」……。あるいは好きなもの、ではなくて、嫌いなもの。向田さんが嫌いなもの――「歩行者天国」「スリッパ」「電話機のカバー」「引き算（足し算は好き）」「ピンク（桃色）」「男のテクニックだけのやさしさ」等々。久世さんが嫌いなもの――「儀式と制服のない文化」「テレビドラマのルール」「飛行機」「焼き加減レアのステーキ（これ、私の経験です）」等々。こんなゲームのときもあった。どんな死に方をしたい？　その答えを各々紙に書いて伏せて、せーので表にする。向田さんが書いたのは「爆死」だったという。

向田さんはテレビドラマの仕事について、「消えてしまうからいいの」と言ってらしたという。私にも、その感性はとてもよくわかる。向田さんと同じように私も、自分が書いた脚本を殆ど持っていない。でも、向田さんは死の前年に直木賞をとってからは思いが違ってきて、これからはテレビドラマは封じて小説やエッセイに専念したい、と久世さんに伝えた。もう残されている時間は長くない、向田さんはそう感じていたのだ。乳癌手術で患ってしまった肝炎がかなり悪くなっていて、「余命半年のこともあるかもしれない」と、和子さんだけには伝えている。「ままや」の開店を急いだのもそのためだ。仕事も付き合いも驚異的に増大して、その隙間を縫うように旅もくり返している。ケニア、マグレブ三国、アマゾン、ベルギー。そして台湾。

そんな向田さんのことを思うたび、私の耳孔の奥からタンゴが聴こえてくる。古い蓄音機から聴こえる掠れた音色のタンゴ曲は、最初のうちはゆったりとエレガントに流れているのだが、やがて微熱を孕むように加速して、狂おしいくらいに加速して――。向田さんはその渦の中で、次々と無駄を寄せつけないカマイタチのような言葉を吐き出し投げつけながら、でもぐるぐると、狂おしくなっていく遠心力に巻き込まれて……。向田さんの飛行機事故での死を知ったとき、久世さんも親友だった加藤治子さんも、一瞬、「まさか、向田さんが仕掛けた……!?」という思いが横切ったという。

テレビドラマではなく文字の世界に向かおうとしていた向田さんに、久世さんはお願いした。「ボクのために、最後の脚本を書いてほしい」と。向田さんは承諾する。じゃあ、出しものは何にする？　ふたりの好みはすぐに重なって、原作として夏目漱石の「虞美人草」。そこでまたいつものゲームが始まる。主人公の甲野さんは誰がいい？　ふたりは各々、主役にしたい役者の名前を紙に書いて伏せ、せーので表にした。二枚の紙に書かれていたのはどちらも「松田優作」だった。

その優作から、漱石の「それから」の脚本をいきなり依頼された夜のことは、松田優作の章でも書いたが、その前年にもうひとり、向田さんの気配をまとっていたかもしれない（外見上そうは思えないのだが）演出家と出会う。NHKの和田勉さんだ。私なんかとは接点も無さそうな勉さんが声をかけてきてくれたのは、勇ましいトルコの行進曲で始まるドラマ「阿修羅のごとく」で組んだ向田さんのことがあって、ガハハガハハとダジャレを連発しながら考えるうちに、ふと思いついたのが私だったのだろう。「脱兎のごとく　岡倉天心」。私にとって初めての明治物で、実在の人物が主人公で、難しかったけれど面白い経験だった。

勉さんにはこう言われた。「向田さんはちゃんとした家族を描くと、とてもいいものを書く。あなたはヘンな家族やヘンな人間を書いていくといい」。勉さんの予言の真意は分からないが、確かに私には、向田さんのようなちゃんとした家族経験はない。

そして松田優作。私が書いてきた男たちのほとんどが向田さんの気配の支配下にあるみたいで、切なくも嬉しいことだ。優作が下北沢の酒場の暗がりで二、三回遭遇しただけの私を脚本家に選んでくれたのは、勿論彼のやけに鋭い動物的な勘もあっただろうが、無意識の底の方に、果すことの出来なかった向田脚本、久世演出の「虞美人草」への思いが必ずや在ったと思う。その優作も数年後、癌を引き受けて逝ってしまった。四十歳になったばかりだった。

優作の病気のことはまったく報らされていなかった。家族と優作にとって親父《オヤジ》のようだったプロデューサーの黒澤満氏の他には、ほぼ誰も知らなかった筈だ。私が最後に会ったのは、彼と最初に会った下北沢の酒場の暗がりだった。死の四ヶ月位前だ。いつもの隅っこの席にいて、とても静謐とした気配をまとっていた。そのころの優作には何かを削ぎ落としたような静けさがあって（たぶん、死を近くに予感していたのだと思う）、私はそんな彼を見て、「このひと、吟遊詩人か修験者になっていくみたい」と感じていた。

そしてその夜、優作の輪郭が白っぽく発光しているのに気付いた。私はそのことを不思議とも思わず、ただそう感じた。

幾年かが過ぎて、向田さんや優作について何か書いてほしいという依頼を受けるようになり、そのときになって、ふたつの出来ごとが、輪郭が透明だった向田さんと白っぽく発光していた優作のことが重なった。ごくあたり前のことを思うように重なった。ふたりは残された者たちにとって大切なひとだったのだ。とても大切な。それだけのことだと私は思っている。

向田邦子さんと、もう一度食べるとしたら……と言ったって、彼女とは一度も食べたことがない。二、三秒くらいの強烈なすれ違いだけだもの。でも、もしも叶うのなら一緒に食べたい、というより、一緒に料理を作りたい。私も向田さんに負けないくらい食いしん坊の料理好きだから。向田さんが「ままや」を作ることを切望したように、私もずっと小さな料理店をやりたいと思ってきた。一緒にやりましょう、と誘われたことも幾度かあったけれど、実現には至らなかった。そのうち気が付いたら年取ってしまった。両足の股関節も人工になって、ヨレヨレ歩きはお手のものだ。癌にもなったっけ。樹木希林さんと同じX線治療の先生にお世話になった。それでもまだ小さな料理店を夢見ている。うちのリビングがけっこう広いから、ここに毎晩屋台を出すのはどうだろう。屋台なら客数も少ないし、いけるかもしれない。ヤタイ・イン・マイルーム。

向田さんと一緒に作るなら「ままや」で供された料理や、私が毎日手書きの献立て表を壁に貼り(もう三十年以上、この習慣を続けている)、作っているような「おうちごはん」がいい。特別おいしくなくていい。あたりまえに、ほどほどに、でもちゃんとおいしいおうちごはんがいい。

そんな料理を作りながら、向田さんに話してみたい。あの夜、向田さんの輪郭が透明に見えたことを。たいていのひとには相手にされないけれど、向田さんはきっと、いつものちょっと高めの硬質な声で軽やかに言ってくれるかもしれない。「あら、そうかもね。だって私、あのときはもう、半分は此岸にいたけど半分は彼岸にいたんだもの」。そして鮮やかな包丁さばきでキャベツを千切りにするだろう。

佐野洋子さんと「チャチャッと野菜の炒め煮」

佐野洋子さんが吐き出す「ことば」が大好きだ。佐野さん自身としては、どうせ吐き出すなら煙草の煙の方がお好きかもしれないが。ことばとちがって煙には意味なんか付けなくていいし、出したそばから消えてしまうし、体にいい健全なことなんかひとつもないし。だからどんな病気になっても、ヘビースモーカーをやめたりはしなかったんだと思う。

私は佐野さんの絵本も童話も好きだし、エッセイなんかもっとワクワクする。愉快痛快でクスクス笑ったり、ゲラゲラ無防備に笑ったりしていると、グワッと胸の奥をわし摑みにされて、私はいつも打ちのめされる。私のなかにある中途半端な頑固さも愚かさも勇気も自尊心も率直さもやさしささえも、つまりほぼすべてに於いて、いとも簡単に打ちのめされてしまう。その清々しい痛みが気持ちよくて、私は何度でも佐野さんの吐き出したことばを読み返す。

ひとりの作家が書いた本としては、夏目漱石の次にたくさん持っている。漱石の本は30×11×15センチ位の箱（岩波文庫）に収まっているが、佐野さんの本は私んちのいろんなところに置いてある。仕事部屋のささやかな本棚にも、リビングの食卓兼仕事机のそばのワゴンの上にも、ベッドサイドの棚にも、欅《けやき》の樹が見える大きな窓辺の本立てにも、あっちこっちにいろんな大きさの佐野本が置かれていて、いつでも手が伸ばせる。寝転がりながらでも、オヤツを頬ばりながらだって読める。そして打ちのめされる。

お会いしたことは三、四回ある。原作者と脚本家としての仕事も三回している。最初が一九九六年のミュージカル「DORA・100万回生きたねこ」、九七年のNHKの土曜ドラマ「もうひとつの心臓」（原作・「右の心臓」より）、九六年の演劇集団円のこどもステージ「ふつうのくま」。それらのあとに「シズコさん」の脚本も相談されたことがある。すごく面白くて厳しい作品だけどやってみよう！と思ったのだが、主役でオファーしていた女優さんから「NHKの地上波ならいいけど、BS放送じゃイヤ」と言われてしまった。十数年前の話で、あのころはまだBSはマイナーだったし、配信なんて言葉もなかったから。その話は消えたけれど、三作も続けて同じ原作者の作品をやるなんて、私にとって驚異的なことだ。

それなのに、佐野さんについて、滑らかな繫がり（整合性）のある記憶はほぼない。だから私のなかに残っている断片的なことばや記憶をかき集めて、私なりの佐野洋子さんとの思い出を書いてみようと思う。

まず、佐野さんと出会うきっかけになった「100万回生きたねこ」の話から。

最初に読んだのは八〇年代の半ばごろだったと思う。あたりまえの感想だが、大好き！読んでから一年が経ち二年が過ぎ……たったひとりの肉親である母の死を看取ったり、テレビドラマの世界から少しずつ離れて、映画や小説やエッセイなど他の領域へと戸惑いながら流されていたころだ。そんな私の心の片隅に、いつもネコがいた。

　あのネコの世界をビジュアルで創ってみたいなぁ。今にして思えば、身の程知らずな夢が芽生えてしまった。だからといって行動に移すほどの気力体力はないし、芽生えた夢も企画としては脆弱だった。もっと、他者を魅了できる企画として鍛えていかなくては。どうやって？　そんなときの私のやり方は勉強型ではない。あたりまえにおいしい料理を作って、食べ、水を飲み、あとはボーッとしていた。勿論引き受けた仕事はちゃんとする。〆切もまもる。そのあとのボーッとした時間が長いだけだ。時々、服を脱いで月光浴なんかもしてみる。細胞をサラサラさせて、自分を透明な器にしていく。そうやって何かがやってくるのを待つ。

　そして、ふっと思いついた。「１００万回生きたねこ」をミュージカルにするってのはどうだろう。だからといってブロードウェイのような、歌があって、お芝居があって、見事なダンスで盛りあげる、みたいなミュージカルは苦手だ。じゃぁ、どんなミュージカル？　私はますます透明になって、ボーッと思いを巡らせた。少しずつ何かが近づいてくる。その気配に集中する。見えてきた（ように感じた）のは歌も芝居も踊りも、同時多発的に繰り広げられている聖なる祭のような舞台だった。愛も死も、裏切りも夢も孤独も歓喜も、いろんなものが混ざり合う、祝祭のようなミュージカルが作れたらいいよなぁ。

　そんなミュージカルを理解して、面白がって、新しい演出をしてくれるヒトがいるだろうか。思い浮かばないままシコシコと仕事を続け、ひと息ついてボーッとしていた私は、テレビの画面を見て息をのんだ。画面には、九二年のアルベールビル冬季オリンピックの開会式が映し出されていた。私がボーッとしながら夢見ていた聖なる祝祭を具現化できるとしたら、もしかしたら——。椅子から転げ落ちた私はそのまま床を這うようにしてテレビに近づき、画面に見入った。心臓がドキンドキンと脈打つ感触を覚えている。

それがどんな開会式だったのか——ウィキペディアの説明によると——「開会式および閉会式の演出は31歳の振付家・演出家、フィリップ・ドゥクフレに委ねられた。夏・冬通してオリンピック初の夜の開会式。開会式では、一人の少女が一羽の鳩を空中に放ち『ラ・マルセイエーズ』を歌うオープニングから、空中ブランコや竹馬などサーカスの技、南仏の民族舞踊、アイスダンスなどによって人々が華麗に空を舞い練り歩く祝祭が繰り広げられた」。私が夢見た聖なる祝祭にぴったりじゃないか！

でも、どうやったら、こんな素敵な世界に近づけるだろう。フィリップ・ドゥクフレという名前さえ知らなかったけれど、オリンピックの式典を任されるくらいだから有能で素晴らしい才能なんだろうなぁ。おまけに遠いフランスのヒトだ。なにもかも絶望的なはずなのに、こういう状況のとき、私は妙に燃えてしまうのだ。チロチロと燃えながら、私なりに企画を強くしていった。通常の企画の場合、「あらすじ」みたいなものが必要なのだが、原作が絵本だから、すぐに相手に伝わる。むしろいくつかの要素（シークエンス）を省かなくては。そしてこのミュージカルのテーマ（通奏低音）は愛ではなく、死にしたいと思った。

企画を他者に伝えるためにも、ドゥクフレを振り向かせるためにも、主人公のネコのイメージキャストくらいは考えなくては。で、ボーッと考えていたら、ドスン！とドラ猫が落ちてきた。勿論、私のイメージの中で。そのネコの顔を見たら、なんとビートたけしさんだった。まだ今みたいにエラくないころの、初々しい毒と狂暴を抱いていたころのたけしさんだ。

たけし猫が無様なダンスともいえない踊りで舞台をのし歩き、いろんな人間の愛や夢を踏みにじり、100万回も死んで生き返って——たった一匹の白ネコと出会い、大好きになって、浄化され、白ネコの死を受け取ったとき、一曲だけ、調子っ外れのガラガラ声でラブソングを歌い、号泣して、本当の死を獲得する。

これなら企画になりそう、と思った。音楽は矢野顕子さんをイメージした。アンチ・アカデミズムでファニーな感じがドゥクフレと共通するし。なんとか企画らしくなった思いを、ホリプロの友人K女史に話してみた。彼女は舞台がメインのプロデューサーで、以前からセンスが合うのだ。ノッてくれた。「100万回生きたねこ」はそれまで人形劇になっただけで、まだ誰もトライしていなかった。よし、トライしてみよう！　仲間にもうひとりの女Mさん、自身もダンサー経験ありで、勅使川原三郎《てしがわらさぶろう》さんのプロデューサーのようなこともやっていてフランス語がペラペラ。

こうして女三人でネコチームを作り、まずドゥクフレにラブレターを送ることにした。私が簡単な文を作り、Mさんにフランス語にしてもらって、「100万回生きたねこ」と一緒に送った。絵本というのは注釈など付けなくても、万国共通で伝わるのが凄い。ドキドキして待っていたら、ドゥクフレから興味があるという返事が届いた。ワーイ！　ここからK女史たちによる具体的なやりとりがあり、遂にドゥクフレを口説くことができた。奇蹟みたい。だってあのオリンピックで、その才能を世界に見せた彼のもとには四十を超えるオファーが来ていたのだ。「シルク・ドゥ・ソレイユ」からも。それなのに、アジアの片隅から届けられた小さな、大してお金もないプロジェクトにのってくれたのだ。佐野さんの絵本が素晴らしかったからだ！　彼への手紙の末尾に書いた「この作品は愛ではなく、死をめぐる物語です」の一文も彼の心を捉えたらしい。その少し前、彼は幼いころからの親友（男）を、エイズで亡くしていた（注・彼は大の女好きだが）。

ミュージカル「ＤＯＲＡ・１００万回生きたねこ」は九六年に公演された。そこまでいく間にはいろんなことがあった。ドラ役でたけしさんを口説こうと思っていた矢先、たけしさんはオートバイ事故を起こし、そのアイディアは消滅した。でもドラはしぶとく、沢田研二さんに決まった。たけしからジュリーへ！　ドラもちょっとばかり美しくなったもんだ。沢田さんは毎日稽古場に、小さな愛妻弁当（時々ご飯の代わりに刻みキャベツだったり）を持ってきて、ドラになりきるために励んでくれた。

佐野さんと初めてお会いしたのは、この作品のスタート祝いというか、ドゥクフレの歓迎会兼佐野さんを彼に紹介するためのささやかな宴のときだった。その夜の佐野さんは海老茶色っぽい紬の着物姿で、髪はオカッパ。なかなかスポーティでカッコいい。Ｋ女史が十数人の出席者を紹介して（この時はまだキャストやスタッフはいない。なのに建築家の隈研吾さんがいた。Ｋ女史の友人なのか。不思議だった）、私も佐野さんに紹介され（ドゥクフレとはすでに二回位会っていた）、気の利いたひと言でも混じえて挨拶しようとしたが全然ダメ。「どうも、初めまして」。佐野さんはニーッと笑って何かを言ってくれたが、覚えていない。

立食形式で、おいしそうな料理が並んでいるが、私はパーティー料理を食べるのも苦手。人々の中を泳ぐようなパーティートークはもっと苦手。隅の方で固まりながら佐野さんを探したら、佐野さんもやや固まっている。少し時間が経ち、人々の存在にも慣れてきたので、思いきって佐野さんに近付いた。「食べてますか?」「うん。食べてない」と言うので、小皿に料理を取ってあげようと思ったが、私自身そういうことをされるのが好きじゃないので、「ご自分で、好きなものを取りますか?」「うん」と頷いて、小皿に好きな料理をのせて食べ始めてくれた。佐野さんと私は近付いたまま、ほぼ無言で食べ続けた。何か言わなくちゃ……。ホッとした。「佐野さん、その着物ステキですね」「そう!?」。よし、着物の話をしよう。「着物お好きですか?」「布が好き」「知り合いが贔屓《ひいき》にしているアンティークの着物屋があって、かなりセンスいい着物や反物をたくさん持ってて、安いんです」「安い!」、そこに食いついてくれた。当時から参宮橋にあった「灯屋《あかりや》」という店だ。

余談になるが、この店を教えてくれたのは母校の成城学園の下級生だったN子。日本では珍しい本の装丁(一点物とか豪華本)をしていて、結婚したので家を作ろうと思い、どうせなら個性的な家がいい。誰にデザインを頼もうかと考え、モダニズム住宅建築の第一人者、清家清をえらんだ。直に会いにいき、「草と木のイメージで作ってください」と伝えたら、それを面白がった清家さんは設計を引き受けてくれた。しかもタダで!

そんなN子がいいと言う「灯屋」だから、佐野さんに合いそうだ。後日「あそこの店、いいね」と言ってくれたっけ。

次に佐野さんの世界で仕事をしたのは、NHKドラマの「もうひとつの心臓」。演出の柴田岳志さんと何をやろうかと話すうち、私が「DORA」をやったことから、原作として「右の心臓」をメインに、佐野作品から幾つかの要素や実話も入れて作ることになった。タイトルは、局サイドから「右に心臓がある人もいて、差別になってはいかん」と言われ、

「もうひとつの心臓」になった。正直、局の意向がよく分からなかった。

たぶんこの頃だったと思う。多摩の聖蹟桜ヶ丘にある佐野さんのご自宅に、たったひとりで行ったことがある。どうしてひとりで行ったのか思い出せないのだが、電車を乗り継ぎ、教えてもらった駅で降り、タクシーに乗って住所を書いたメモをドライバーに渡し、暮れ始めた窓外をじっと見ながら、佐野さん家《ち》を目ざした。どんどん山の中へ入っていくような道で、あたりには桜の木がいっぱいあって花を咲かせていて、そんな山の頂みたいな平らかになったところに、二軒だけ家があって、その一軒が佐野さん家のはずだ。タクシーが近付くと、家の外に佐野さんが立って待っていて、ニーッと笑って迎えてくれた。

家の中へ入ると、木造り感のある雑然とした広めのリビングがあって、左手奥が台所になっている。桜がきれいですね、とか、まわりには家がなくて木ばっかりですね、と話すと、「夜になると、真っ暗闇だよ」と佐野さん。持参した晩ごはん用のお弁当をテーブルにのせ、風呂敷包みを解きながら「赤坂にある『伊真沁《いまじん》』っていう店のお弁当です。ここのお弁当、すごくおいしいんです」「へーえ。いいね」。白木の弁当箱の蓋を開けると、のぞき込んだ佐野さんの眼がイキイキしている。鴨ロース焼き、出汁巻き玉子、野菜煮、魚の西京焼き、つくね団子もあった。白いごはんは俵形に整えられていて、さっぱり味の奈良漬けが添えられている。大事なことは忘れるのに、食べることに関しての記憶はかなり確かなのだ。

椅子に坐ってお茶を飲みながら、両者とも滑らかとはいかないけれど雑談をしているうちに「記憶」の話になった。私が「信じてもらえないことが多いからあまり言わないんですけど、私、生後一ヶ月目くらいから記憶があるんです。部屋の中に、私の布オシメが何枚も干されていて、それが最初に目にした世界の光景なんです」。それを聞いた佐野さんがニヤッと笑った。「私はね、産湯のときから覚えてんの。タライの湯の中に入れられて、体はやわらかなガーゼ布に包まれてっからすごく気持ちいいんだけど、だんだん湯が冷めてきて、寒くなって、泣いて伝えるんだけど、誰も気付いてくれなくて。こういうの話すとヘンだと思われるよね」。私は思わない。もうひとつ、ヘンだと思われるから言わない話を聞かせてくれた。時々、自分の体から自分がぬけ出て、天井の方へ行って、ぬけ殻になった自分を見おろすことがあると。幽体離脱。私にはその体験はないけれど、ヘンだなんて思わない。だって世界はヘンや不思議や謎に満ちているのだから。

お弁当をおいしく食べていたら、お茶のおかわりあげようかと訊かれたので「お水、ください」と頼んだら、大きなガラスコップに水道の水をジャーッと入れてくれて。うまい！　佐野さんはお弁当を半分くらい食べたところで「これさぁ、全部食べちゃうのもったいないから、何か作るね」と言って弁当箱に蓋をすると台所へ立っていった。私も追いかけた。

台所も雑然としていて、調理台に置かれたザルの中の野菜（じゃが芋や人参や玉ネギやピーマン等々）を指差して「こんなもんしかないけど、チャチャッと作るね」と言って、まず煙草を一服してから、手早く野菜を乱切りにして、大きなフライパン（中華鍋だったかもしれない）で炒め、それで終わりかと思ったら水をチャッと入れてから簡単な味つけをして、いろいろ野菜の炒め煮を作ってくれた。おいしかった！　佐野さんの料理は初めてなのに、すごく佐野さんらしい味だと思った。

舞台劇「ふつうのくま」は、企画者である岸田今日子さんからの依頼だった。この作品のとき、今日子さんと佐野さんと三人で話す機会があった。佐野さんとふたりだと滑らかに話せないけれど、今日子さんがいれば、あの魅惑的な声で面白エピソードを次々話してくれるから安心だった。ちょうどこの時期、佐野さんは谷川俊太郎さんと離婚したばかりの筈だ。当時、そんな事情は知らなかったけれど。谷川さんの最初の奥さんが今日子さんのお姉さんである詩人の岸田衿子さんで、谷川さんと今日子さんは幼馴染み。佐野さんはこの間まで谷川さんの妻だったから、今日子さんと佐野さんは谷川さんをネタに楽しそうに話していた。私がいちばん面白かったのは、佐野さんが暴露(?)したネタ。何人かの友人知人の集まりがあって、そのとき谷川さんが皆の前で歌い出した。「それがさぁ、どんな歌だと思う?」と佐野さん。今日子さんも見当がつかないらしい。佐野さんは煙草をふかしながら愉快そうに、ちょっと意地悪そうに言った。「ウィーン少年合唱団みたいな歌だよ」。今日子さんがあの震えるような声をあげて笑い出した。

佐野さんは五十歳のころ、仕事で谷川さんと出会いモーレツに好いたようだ。そのころのことをこんな風に書いている。「好きでも、私好きですなんて手紙に書いたり出来ないので、雨が降った話や、地図やどっか行った時の話を、毎日手紙に書いた。雪の上におしっこして詩を書いた話まで書いてしまった。(中略)そしたらその人『あなたが好きです』って言った」(「ふつうがえらい」)。佐野さんらしいエピソードで大好きだ。ふたりは一緒になり、ずいぶんイチャイチャしていたらしいけれど、六年くらい経ったころ、谷川さんにはよく分からないまま佐野さんは出ていったらしい。谷川さんいわく「一緒のダブルベッドに寝ていたのが、だんだん下の部屋のソファに寝るようになっていって、それで、出て行っちゃったみたいなね」。

佐野さんはそのころについてこんなことを対談で言っている。「いつか谷川さんと話していて、吐き気がして、ほんとうにお便所へいって吐きたくなっちゃったことがあったんです。そのときに何を言ったかというと、そんなことしたらぼくの宇宙の秩序は壊れてしまうとかって――要するに世界というのは秩序をちゃんともっているものであるって。あたしは秩序がないのが世界ではないかとずうっと思ってたような気がするんです」。佐野さんは殴るのも殴られるのも含め、ドラマチックな喧嘩をするのが好きだったらしい。でも谷川さんはついていけなかったらしい。

大陸に生まれ育ち、戦後引き揚げてきて、大好きな兄を十一歳で亡くし、やがて父も死に、きつい確執を抱える母（シズさん）との人生を生きぬいてきた佐野さんと、哲学者の父（谷川徹三）を持つ優雅で知的な境遇に育ち、自らも天才的な詩人として、現実という地面からは少しだけ浮遊しているような谷川さん。私は谷川さんにお会いしたことがないから、想像するしか出来ないけれど、おふたりの関係はとてもエキサイティングでエロティークで愛おしい。佐野さんは離婚して間もなく、なんと北軽井沢の谷川邸の隣に家を建て始める。もともと隣の地所は、佐野さんが買っていたのだが。そしてそこに住み始めてからも、ふたりは行き来しなかったらしい。それでも隣り同士で日々が過ぎていく。ふたりはそれぞれの素敵な「ことば」を紡いでいく。

佐野さんともういちど一緒に食べることができるなら、桜の木々に囲まれたあの家で、チャチャッと作ってくれた野菜の炒め煮がいい。鄙びているのにセンスがよくて、無駄のない美味しさだった。白いごはんに乗っけても美味しそう。そんなチャチャッと丼をいただきながら、お訊きしたいことがある。谷川さんを好きになったころ、雪の上におしっこして書いた詩って、どんな詩だったの？

須賀敦子さんと「フ・リ・カ・ケ」

初めて須賀敦子さんの本「ミラノ 霧の風景」を読んだとき、読んでいる間ずっと「息をしていなかった」ように感じた。この息止め体験は、その前に二度ある。一九七三年に初来日したピーター・ブルック演出「真夏の夜の夢」を日生劇場で観たとき。私は大学を出たばかりだった。そして九五年のサイモン・マクバーニー演出「ルーシー・キャブロルの三つの人生」。どちらも舞台（演劇）だ。本は自分でページを閉じることも読むのを止めることも自由だから、息止めまでして一気読みしたことはほぼない。それくらい須賀さんが紡ぎ出す言葉とその世界に、魂をわし摑みにされたのだ。

最終章の「アントニオの大聖堂」を読み終えると、いつのまにかあふれ出ていた涙をゴシゴシ拭いながら、こんな作品を映画にしたいなぁ、素直にそう思った。どんな作品にすればいいのか、どうやったら実現に近付くのか、何も分からないまま、ただ須賀敦子という人の魂が刻まれた映画を作りたい、その脚本を書きたい、強くそう希《ねが》った。

すぐに困難にぶつかった。周りにいる「インテリ」を自認するタイプのプロデューサーたち（全員男だった）に話してみたのだが、「素晴らしいね、須賀さんの本は。でもあんな上等で知的なものを映画にして、誰が観るの？」。この国の男たちの多くは「本質的」とか「死」を内包したもの（こと）には反射的に怯えてしまう。でも女は、むしろ好きなのだ。HOW（方法論）よりWHY（本質論）が。女に「なぜ、私を好きなの？」などと訊かれたら、男はたいてい言葉に詰まるだろう。女は嘘でも軽口でもいいから、まずちゃんと応えて欲しいのに。

そういう愚問愚答に、須賀さんは無縁だった。WHYがあり、HOWが続いた。なぜ祈るのか、どうやってその祈りを続けて行くのか。

二十一世紀になって、白水社から「須賀敦子コレクション」として五冊が刊行された。その三冊目の解説を書かせてもらうことになった。映画化への思いも綴った。「映画を作るという困難な夢はまだつづいている。でも、困難をつづけていけるということが、須賀さんによってもたらされた賜物かもしれない」、と。

それから約九年後の二〇一〇年、一本の電話がかかってきた。映画制作会社の和田倉和利プロデューサー（以降、和Pと記す）。それ以前に一度だけ、ある監督からの脚本依頼のことで電話をもらった。でもその仕事をちゃんとした理由で断りたくて長電話（約一時間）となり、なんとなく気心が通じたのだ。そして数年ぶりの電話から聞こえてきたのは「ボクはさ、某テレビ局からいわれる当てるための映画ばかりやってますが、本当は須賀敦子さんみたいな作品を映画にしたいんです」。いいね。やろうやろう！

公開のことも監督も決めず、まずシナリオを作ろうということになり、須賀さんの魂の旅を少しでも感じるために、イタリアへシナリオハンティング（取材）に行くことになった。

生前の須賀さんとはたしか三回、お目にかかったことがある。文藝春秋の編集者湯川さんが幹事となって、日野啓三さんと須賀敦子さんを囲む会、みたいなテーマの数人の作家（小難しそうで高名な作家ばかり）と若い編集者たちの集まりがあって、私もその隅っこに呼ばれた。ついでに湯川さんから、あなた食いしん坊だから美味しい店教えてよと言われ、友人の店を推薦して、その後飲む店もと問われ、親友の大木さんがそのころ六本木でもやっていた「ロマーニッシェス・カフェ」を伝えた。

それまでも須賀さんと話す機会《チャンス》はあったのだけれど、挨拶というか、日常的会話が苦手な私としては話しかけられずにいた。ある夜の食事会の後、「ロマーニッシェス・カフェ」へと移動したとき、偶然須賀さんの隣に座ることになった。須賀さんは席に着くなり「ふーっ」と小さな声に出して息をつくと、グリーン色のショルダーバッグを肩から外し、そのストラップを握ってクルンとふり廻すようにして空いている隣の椅子に置いた。そして悪戯っ子のような笑顔を見せた。「いいね！」と思った。そのあと何をお喋りしたのか定かに覚えてはいない。他のメンバーたちが次々と須賀さんのそばにやってきて、私はそのさんざめきの片隅で、須賀さんは「知的アイドル」のように慕われることを愉しみながらも、その一方で、諧謔と距離もお持ちなのだ、と感じた。やがて須賀さんは早めに退席することになり、見送りをするために私も席を立った。

その夜、須賀さんは車で来ていた。店の前の旧テレ朝通りには駐めておけないので、ビルの裏手の駐車場に入れてある車を取りにいかれた。しばらくすると、須賀さんがハンドルを握る車が戻ってきて、私たちの前に停まった。ウワーォ！　カッコいい！　その車はブルー系の、車体の低いオープンカーだった。極上の文章を紡ぐ作家にして大学教授でもある六十代の女性の愛車としてはかなりイケテル。そして須賀さんは私たちに別れの言葉をのこすと、ブワワ〜〜ンとアクセルを踏み込み、なんと吸いかけだった煙草を口に咥えてそのまま走り去っていった。この時の情景をとてもくっきりと覚えている。

やがて書くことになったシナリオ「ヴェネツィアの宿（仮）」のラスト近くに、このシーンを入れた。ミラノでの生活にピリオドをうち、日本へ帰ってきた敦子（ヒロイン）は、時間をかけて自分の裡なる言葉を探し熟成させ、作家として歩き始める。三冊目の本を書き終えたころ、敦子は教えていた大学からの帰り道、長い坂道に停めていたブルーのオープンカーに乗り、煙草をふかしながら夜の道をぶっ飛ばしていく。ここに続くまでの幾つかのシーンに、敦子のモノローグが入る。「ペッピーノに出会って、ペッピーノが死んで、おばあちゃんが死んでパパが死にました。ママもパパを追うように死にました。しいべ（注・魂の親友）も死にました。私は一人で生きています」「いくつもの死をくぐりぬけていくなかで、私は、人間のだれもが、究極において生きなければならない孤独が確立しない限り、人生は始まらないということを、知っていったように思う」「そして孤独が若いころに恐れていたような荒野でないことを知り、それと背中合わせにある自由も味わってしまった」。

須賀さんの本の中に書かれている珠玉の言葉を、シナリオに入れられることはとても幸せだった。原作物のシナリオを書く喜びだ。勿論、その原作が敬愛できる大好きな本でなければ体験できない喜びだが。

しかし思いもかけないことで、映画化への道に困難が立ちはだかった。めずらしいことではない。一本の映画をきちんと作り上げるのは容易なことではないのだから。困難くらい付きものだ。

時間を巻き戻して、脚本作りのために出かけたイタリア旅のこと。八泊十日の旅程。飛行機に乗るのは和Pと私のふたりきり。まだちゃんと会話をしたこともない相手なので、私はなんの愛想も前触れもなしで「本質的」な質問をいろいろ投げかけて、和Pの人となりを荒掴みしようと試みた。和Pはそんな私に無駄知識満載のよもやま話で気遣いをしてくれて、よき旅の道づれ、たのしい旅になる予感がした。

須賀さんをめぐる旅の行き先はローマ、ナポリ、ペストゥムの遺跡、ペルージャ、アッシジ、ウンブリアの「荒涼とした山肌」にポツンと建つ羊飼いのための立ち飲みカフェ（ここは私のリクエスト）、ミラノ、ヴェネツィア。八泊にしては充実している。このスケジュールを作ってくれたのがヴィットくん（本名、ヴィットーリオ・ダレ・オーレ）。彼はヴェネト州在住の貴族で、若いころから黒澤明監督が好きすぎて、「乱」の撮影のときからスタッフに参加。以来、黒澤組の撮影が始まるたびに来日。最後の作品「まあだだよ」まで必ず来日して手伝った。だから日本語もきちんと話せる。和Pから聞かされているのはそれくらいだ。そういう和Pも若いころ黒澤組に紛れこんで一人前のプロデューサーになっていったヒトだから、ヴィットとは親しい仲だ。フィウミチーノ空港で迎えてくれたのがヴィット。貴族だと聞いていたが、ユニクロみたいなポロシャツに、何回も洗濯されて柔らかくなった感じのベージュのチノパンとスニーカー。大きな布製のリュック。どう見ても貴族とは思えないヴィットだが、実はすごいエピソードの持ち主であることが後になって分かってくる——。

訪ねた先は何処も素敵で興味深くて、ヴィットもできる限り須賀さんについて勉強してくれているし、当然のことながらイタリアには詳しいし、けっこう食いしん坊でワインは自分の庭（とんでもない庭であることもやがて分かる）で作っているくらい。なのに食事のときには千円未満のワインしか頼んでくれない。「ヴィット。少しは予算があるんだから、もう少しいいワインを頼んでくれない？」「ノー。これで充分です」。貴族というのは慎ましさも持っているらしい。

ナポリは面白かった。町には信号機なんてほとんど見当たらないし、駅前の大広場は泥棒市で埋め尽くされているし、たまに見かける警官が大声で仲良く話している相手はどう見てもカモッラ（ナポリのマフィア）だし、古びたアパートの窓から身を乗り出すお婆さんはスリップ姿で歌っているし。ワクワクしちゃう。須賀さんの「ナポリを見て死ね」（「ミラノ霧の風景」より）を思い出しながらナポリの路地を歩き、ピッツァを食べた。残念ながら味は外れだった。レンタカーを違法駐車させたそばにあった「堕天使」という店が私にはピンときたのだが、ふたりに反対され、ガイドブックにある有名店に入り、失敗した。

ペストゥムの古代ギリシャ・ローマ遺跡には和Pが感動して、しきりとスマホで撮っていた。巨岩の隙間で風に揺れる小さな野花なんか撮ったりして。この遺跡のそばにある地味なカフェに入った。木蔭になった空き地に殺風景なテーブルと椅子が幾つか置いてあるだけで、飲み物が欲しければセルフサービス。三人とも好きなタイプのカフェだ。

木蔭を吹き抜ける風が気持ちよくて（季節は九月）、椅子に座って、足なんかも別の椅子にのっけながらお喋りしていた時のこと。ヴィットの奥さんの話になったのは、翌日泊まるペルージャで、ひと晩だけ家に帰らせてほしい、結婚記念日で、毎年奥さんとふたりだけで祝うのだと聞かされて。勿論！　ゆっくり楽しんできて。食いしん坊の私は思わず訊いた。「ヴィット、その夜は何を食べるの？」。私の脳裡には美味しそうなイタリア料理が次々浮かんでいる。でもヴィットが答えたのは「フ・リ・カ・ケ」。一瞬、分からなかった。和Pが補う。「ヴィットはさ、日本のフリカケとごはんが大好きなんだよ。米はこっちにもあるっていうから、フリカケを何種類かお土産で渡したの」。へーえ、フリカケねぇ。ヴィットが嬉しそうに言う。「フリカケでお祝い。奥さんのディアマンテもフリカケ好きです」。そうなの、と笑いながら、「ディアマンテ」という名前が私の記憶に引っかかった。たしか「コルシア書店の仲間たち」で読んだ記憶がある。須賀さんが「彼女の発音からも、身のこなしからも、とびきり上流階級の人……（中略）マリーナ・V、（中略）伯爵夫人」と書いたその初老の貴婦人が、そばにいた娘として紹介した少女の名が「ディアマンテ（英・ダイアモンド）」。もう若くはない年齢になって生まれた娘が可愛すぎて、ディアマンテと名付けたらしい。

　その話をすると、ヴィットが澄んだ眼に笑みを浮かべながら言った。「ボクの奥さんです。そのディアマンテが」。え、えーッ。私も和Pもびっくりしすぎてのけぞったり身をのり出したり。もう少し詳しく教えて、とヴィットにたのむ。さらにびっくりのエピソードが次々とび出した。

ディアマンテは伯爵家の出で、母親のマリーナ・V（ヴォルピ）はその気品と魅力で須賀さんを驚かせた。祖父のジュゼッペ・ヴォルピはヴェネト州の有力者で、ムッソリーニ内閣の財務大臣と主席顧問を務めた。ミラノ中央駅からヴェネツィアのサンタルチア駅までを走る列車は、最後の三八五〇メートルはアドリア海の上に渡されたリベルタ橋を走る。この長い橋を作る際のパトロンも、ヴェネツィア国際映画祭の創始者も、ディアマンテのお祖父ちゃんジュゼッペ・V。ヴィットから聞いた話では、映画祭の最初はリド島ではなくて、ヴェネツィア本島にある超有名高級ホテルから始まったという。諸外国からも来る大切な客たちのために、運河沿いのテラスに白い布を張り、特設スクリーンにして、自分の好きな映画を上映したのが始まりだった。そしてディアマンテの祖母、ジュゼッペの奥方だったネリーナ・Vはイタリアン・ベルエポックの女王。渡米した時にはその写真がニューヨーク・タイムズの紙面を飾ったという。

そのディアマンテの旦那さんがヴィットなのだ。すぐには信じられないような本当の話。ふたりは幼いころからのいいなずけだった。今回の旅が的を射てスムースなのも、イタリア各地に点在する貴族ネットワークがあるお蔭なのだ。

そんなヴィットが住んでいるのはヴェネト州の内陸（観光客が行くヴェネツィアは、ヴェネツィア湾に浮かぶ島々）で、ヴィラ・マゼールにある邸宅。NHKのスペシャル番組でも放送されたことがあるが、邸宅そのものが世界遺産なのだ。

私はふと、友人の映画プロデューサー井関惺《さとる》氏のことを思い出した。彼は、ずいぶん前になるが、ヴェネツィア国際映画祭に出かけた時、友人であるヴィット（井関氏も若いころ黒澤組に紛れて一人前になった）から誘われて、邸にお泊まりしたことがあると言っていた。早速電話をした。「そうなんだよ、凄いんだよ。でかい寝室に泊めてくれたんだけどさ、緊張して眠れないよ。いろんな小物がいっぱい飾ってあって、どれも凄いもんらしいし、なんたって天井のフレスコ画。邸宅が世界遺産に指定されるより先に、天井の方がミシュランで三つ星もらってるから。ダブルで凄くて眠れやしないよ」とのこと。

勉強不足の私は初めて知ったのだが、ミシュランはフランスのタイヤメーカーで、レストランガイドより先に旅のガイドブックを作っていて各地の美術品や建築物などをランクづけしていたという。タイヤ（車）を使ってもらうためのガイドだ。その最高三つ星が、ヴィットが住む邸宅の天井にあるのだ。彼が千円未満のワインしか頼んでくれない理由もなんとなく分かってきた。ヴィットは庭（相当広い畑だろう）でぶどうの木を育て、二十一世紀からは製造したワインの販売までしているという。でも、邸宅も含めて、維持費が大変なのだと。貴族でも困ることはいっぱいあるらしい。余談。ヴィット邸の裏手の山にあるバッサーノ・デル・グラッパ村からは毎朝、大きな籠にグラッパ（ビン入り）を入れて背負った男たちが降りてくるという。

ヴィットとディアマンテ。世界遺産に囲まれながら、結婚記念日をフリカケで祝ってくれたなんてすごく嬉しいし、楽しくなった。

そして三人連れのデコボコ旅は続き、すべての場所で愉快なエピソードがあるのだが、ここにはとうてい書き切れない。須賀さんが約十年間を暮らしたミラノでの出来事を少しだけ。

ミラノに到着したとき、和Pは歯痛だった。前夜、ペルージャのホテルで目を覚ましたら奥歯の被せものが外れていて、口中を探しても無い。寝惚けて飲み込んでしまったらしい。途端に歯痛がこみ上げてきたという。

世界遺産から戻るヴィットとはミラノ中央駅で集合。ヴィットの知り合いの貴族の老嬢（八十代）がまだ現役で歯科医をやっているという。異国の地で歯を診てもらえるだけでありがたい。和Pは腫れ始めた頬を押さえて、歯医者に連れていってもらった。私は同行しなかったけれど、治療を終えて戻ってきた和Pの顔は晴々としている。「なかなか腕も確かだし、力もある。たいしたもんだねぇ、貴族も」。

そのあと、「サン・カルロ書店（旧・コルシア書店）」を見学してからもうひとり、ヴィットが親しい貴族の老嬢（名前を忘れてしまった。八十代後半）を紹介したいという。その老嬢の邸宅はミラノの高級住宅街にあって、ヴィットが運転するレンタカーで走っていくと、人影もない静けさである。「あそこです」と指さす先にあるのはわりと地味な四階建。と思って案内された玄関から入ると、二階まで吹き抜けの高い天井を持つ広々としたリビングがあり、開け放たれたその向こうに、ゆるやかなスロープのある庭が広がっている。夕陽の時刻で、スロープが終わるあたりに大きな樹が数本あり、美しい黒猫二匹が優雅に走りまわっている。左手の一メートルほど高くなったエリアには様々な樹木が植えられていて、今は果樹園にしているが、昔はテニスコートが幾つかあったという。女主の老嬢は杖をつきながらもしっかりと歩き庭を案内してくれて、左手の奥にある池の説明もしてくれた。バラの樹々に囲まれた古い石造りの池には噴水があり、とても美しい。老嬢が言う。「この池をモデルに、大きくして作った池が、ミラノ中央駅の前にあります」。

夕陽が沈んできたので、私たちは吹き抜け天井のリビングに戻った。テーブルには生ハムとチーズ数種とオリーブが、大きめの皿にゆったりと盛られている。よく冷えた白ワインとグラスも。生ハムをフォークで食すか、いつも通り手でつまむか迷ったが、一応フォークを手にした。ひと切れ口に入れた途端、思わず「おいしい」と唸ってしまった。これまでの人生でいろんな処、本場のパルマでも食べたことがあるが、いま口に入っている生ハムがいちばん美味しい！　その思いをヴィットに伝えて訳してもらうと、老嬢はニヤッと笑って「これはそこらへんの生ハムとはちがう（ヴィット訳）」。そして、二階の仕事場へ来てみないか？と誘われた。彼女は古い家具の修理を仕事にしているのだという。

私たちは二階へ行った。扉を開けると、中世の匂いがしそうなテーブルや椅子やスタンドが仄暗い部屋中に所狭しと置かれていて、壁にはずらりと肖像画が飾られている。まるでルキノ・ヴィスコンティ監督の映画みたい……。ヴィットにそう伝えてもらうと、老嬢は記憶を手繰るように目を細めていたが、握りしめていた杖でドンッと、床を叩いて言った。「ルキノ！　ルキノに○○（品物名を忘れてしまった）を貸したまま、彼はまだ返してこない！」。ドンッ。思わず震え上がったのは和Pだ。ルキノ・ヴィスコンティをルキノ！と呼び捨てにする人物がいることの嬉しさに震えがきたらしい。

お暇《いとま》するとき、老嬢は私を抱きしめて握手をしてくれた。その手のがっしりとした大きさと質感に、私は感動した。貴族の老嬢が職人のような手をしている。そして八十代の終りに近い今も働いて、ちゃんと生きている。この人も、歯医者の老嬢も。たぶん須賀さんも、こんなに大きな手ではないかもしれないが、日本に戻ってきてから、エマウス運動（カトリックの思想に基づく廃品回収業）にも深く係わってきたのだから、しっかりとした手の持ち主だったと思う。

デコボコ三人旅はミラノのあとヴェネツィアへ行き、またまた面白エピソード続発なのだが、紙数の終わりが近付いてきてここには書くことができない。同じヴェネト州の内陸にあるヴィットの凄い邸宅に立ち寄ることもできなかった。いつかきっと。

須賀敦子さんと一緒に美味しいものを食べられるとしたら、本場仕込みのパスタ？　須賀さんの得意料理だったオーソブッコ？　やっぱりフリカケにしてみよう。おいしい米を土鍋で炊いて、フリカケをパラパラかけて。ヴィットやディアマンテのことや、珍道中が楽しかった、須賀さんの面影を訪ねるイタリア旅のことを話しながら、フリカケごはんを食べてみたい。須賀さんは悪戯っ子みたいな笑顔で食べてくれるだろうか。

ヴィット邸のことを教えてもらった井関氏から、電話がかかってきた。「あなたは知ってるかなと思って、前回の電話では言わなかったんだけど……ディアマンテが亡くなったんだ。一昨年だ」。時間が止まったように胸が苦しく痛くなった。会ったことは一度もないのに。

そして私は須賀さんの世界に吸い込まれていくような感触に包まれた。それまで須賀さんの世界は遠い夢の世界でもあった。精緻に作られた美しいスノードームを覗き見るような。

でもディアマンテの死が、その透明で硬質なバリアを溶かして、須賀さんの世界が、いくつもの死をくぐりぬけていくことで築き上げられていった須賀さんの世界が、とても近しいものに感じられた。

須賀さんの映画を作るという困難な冒険はまだ続いている。終わってはいない。

美々しき女たち——もういちど、食べられなかったあなたへ

大原麗子さん　金久美子さん　夏目雅子さん

大原麗子さん

大原麗子さんと初めてお会いしたのは、石井ふく子さんプロデュースの「東芝日曜劇場」、「秘恋」の本読みのときだった。

そのころの麗子さんは、サントリーウイスキー（レッドとオールド）のコマーシャルが大評判で、ちょっと掠れた甘えたような声で呟く「少し愛して、長ーく愛して」は世の男たちのハートをノックアウトしていた。そのCMの監督は市川崑さん。私も大好きなCMで、大原麗子って可愛くてきれいだなぁ、と思っていた。実物に会ってみると、本当にそのとおりだった。「はじめまして。大原です」と挨拶してくれた声もコマーシャルの声と同じだった。当たり前だけど。私は静かで掠れたような女の声が大好物なので、ドキドキした。

そんな麗子さんはほっそりとしていて、思ったよりチビだった。私も身長は一五五センチ位（現在はもう少し縮んでいるが）だからいい勝負だ。女優さんというのはスラリと背が高くて、流行のコートもドレスも着物も着こなすのが上手、というイメージがあるかもしれないが、私が直に出会った女優さんたちは私とさして変わらない、ややチビの方がけっこういる。風吹ジュンさん、竹下景子さん、荻野目慶子さん、小泉今日子さん。キョンキョンなんて私より二センチもチビなのに、着こなし上手。自由で。そして麗子さんも似たような小ぶりで、自分のことを（私の記憶では）、「ビッチ」と呼んでいた。チビの逆さ読みだったと思う。

本読みの間じゅう、麗子さんのひっそりと掠れて可愛い声を聴いているうちに、魅了されてしまった。本読みの休憩時間にふたりきりで話したことがある。細面に切れ長の目。日本人形みたい、と見惚れたのを覚えている。でもそんな彼女は女優デビューの前、六本木辺りで遊んでいたちょいワルでおませな若者のグループ「六本木野獣会」のメンバーで、けっこう気が強くてケンカっ早い女の子だったらしい。姐さんメンバーには加賀まりこさんがいる。

本読みの稽古場での立ち話だったけれど、社交辞令的なお喋りが苦手でヘタクソな私の前で、麗子さんは切れ長の目できちんと私を見たまま、甘やかに掠れた声で会話をつづけてくれた。何かコツンとした生真面目さがあるヒトだな、と感じた。

その年の暮れから、お歳暮が届くようになった。俳優の家に育ち、まわりの大人も演劇や映画界の人ばかりで、盆暮れのやりとりなどなかったから、恐縮してしまった。ましてCMでもスターの麗子さんから。届くのはいつも「明太子」だった。たぶん麗子さんが好きな明太子だったと思う。ふつうの明太子ではなくて、山椒風味や昆布風味のタレ汁に溺れたように漬かっている明太子だった。

私は恐縮しながらも、麗子さんに仕事のお願いをすることになった。受けてもらえるか分からない仕事だったけれど。アニメーション映画「紫式部　源氏物語」に登場する「藤壺」の声優として。今やアニメの声優は大人気の職業だが、当時（一九八七年頃）はまだそれほど認知されていない、というか、名前のある俳優がやることは少なかった。でも、麗子さんにやって欲しかった。藤壺は光源氏の父帝の後妻。光源氏は生母の面影を求めて藤壺に魅せられ、強引のように藤壺と通じてしまう。そういう役。だから麗子さんの儚くて愛しい声が欲しかったのだ。私は直筆のレターをプロデューサーに託して、麗子さんにお願いした。不安だったけれど、こころよく引き受けてくれた。光源氏には、あのころ引っ張りだこの売れっ子だった風間杜夫さんにお願いしてみた。引き受けてくれた。こっちもぴったりの声だ。この作品での光源氏のキャッチフレーズは「時代の指名手配者」だった。

原作については、いろんな高名な作家たちが現代語訳を出されているから、プロデューサーサイドからはその中の一冊を薦められたが、私は「やるなら、紫式部の原作でやらせてください」とお願いして、そうなった。

麗子さんから、また明太子が届いた。恐縮していたら、麗子さんから連絡をもらった。私に脚本を書いてほしいという。宮本輝さんの「錦繍」だった。私も読んでいて、すばらしい小説だと思っていた。麗子さんがあの母親を演じたなら、彼女にとっても新境地になるだろう。そう思っていたのだが、彼女ばかりか私のスケジュールもバタバタして、なかなか具体的作業に至れずにいた。「錦繍」は他にもやりたいプロデューサーや制作会社があって打診をされたが、やるならばヒロインは麗子さんがいい。

麗子さんから、監督として熊井啓さんの名前が届いた。熊井さんも了承されている。だから、ぜひ書いて、と。私は熊井さんと直接の面識はないのだが、伯父（故・信欣三）が親しくて、熊井監督・信主演で映画「帝銀事件　死刑囚」などがある。熊井さんはベルリンやヴェネツィアの国際映画祭で受賞している社会派映画の巨匠である。だからさっさとやればよかったのだろうが、グズグズノロノロしているうちに、同作をやりたがっていたプロデューサーたちからこんな話を聞いた。「錦繡」は宮本さんにとってもひときわ思い入れが深い作品なので、映画化に際して小説の科白を削ることがあっても、オリジナルで科白を増やすことは相成らん。原作者の気持ちも分かるが、それでは映画として成立しない。と、私は思った。どんな名作であれ、文字で綴られた作品と、俳優という生身の人間が演じる映画とは別の成り立ちの世界でもあるのだから。そんなことを思い悩んでいるうちに、売れっ子だった麗子さんのスケジュールはいっそう過密になり、いつのまにか立ち消えになってしまった。

大原麗子さんはほっそりとした「ビッチ」で、身体も丈夫ではなくて、幾つもの病魔と闘いながら女優であることを諦めずに命を繋げて、六十二歳でひとり逝った。

そんな麗子さんを思い出すたび、「少し愛して、長ーく愛して」のあの愛おしい声が聞えてくる。そして彼女のラブコールをちゃんと受けとめられなかったことに、心から「ごめんなさい」の思いがこみ上げてくる。亡くなる前の数年は体調が悪くて仕事も思うように出来ず淋しがっていたと知り、いっそうごめんなさいと思う。報道は死後数日して発見された麗子さんの死を「孤独死」と伝えていたが、そうだろうか。二十代の後半で難病（ギランバレー症候群）を患って、一応の快復はしたけれど、癌にも付き合ったし。華やかなスター女優であったときも、「死」の気配を抱えていたのではないか。

死は誰にでも必ず訪れる。死は何人《なんぴと》のどんな死であれ、ひとりで逝くしかない。だから、他者によって一括りに「孤独死」などと言われる筋合いはない。

初めて会ったとき、微笑む彼女の裡に感じた何かコツンとした生真面目さは「死」の気配を抱いていたからこその、さっぱりとした諦念だったのかもしれない。

麗子さんともういちど会えるなら、彼女が好きだったにちがいない辛子明太子をほぐして、おいしく炊き上げた白いご飯の芯に入れて、おにぎりを握って、会いにいきたい。彼女が望む作品があるならば、その脚本を書いてみたい。「ビッチ、うれしいな」と、あの儚く愛しい声で応えてくれるかもしれない。

金久美子さん

金久美子（キム・クミジャ）さんと初めて会ったのは、映画「失楽園」の現場だった。クミジャ（彼女の通称なので、以降敬称略）はアングラ系の劇団「黒テント」から、「新宿梁山泊」の舞台で活躍した女優で、出会ったのはその劇団を退団して間もないころだ。それまでの舞台の彼女を観て「いい女優だなァ」と思っていたから、キャスティングで知ったときは嬉しかった。

クミジャの役は原作にはないが、とても大切な役だ。ヒロイン（黒木瞳）の女学校からの親友で、ヒロインが冷めた関係の夫や日常生活の呪縛を断ち切れないまま、初めて男（役所広司）を本気で愛して本然的なセックスを体験しながらも戸惑ったとき、さりげなくヒロインを励ます。彼女自身は外国人の男と恋愛して、その男の子を産み、シングルマザーとして育てている。「次はどの国の男とレンアイしようかなァ」と楽しそうに微笑《わら》いながら、ヒロインに〝ささやかな自由〟と〝ひそやかな矜持《プライド》〟の大切さを注ぎ込む。じつに私好みのキャラクターだ。

私は通常、テレビでも映画でも現場には行かない。行ったところで何の役にも立てないし、気を使わせるだけだ。もっと言えば、奇妙な女優（伯母）と男優（伯父）のそばで生まれ育ったので、俳優という生きもののそばにはわざわざ近づきたくない。

それなのにその日、なんとなく現場へ行くことになった。理由は覚えていない。食いしん坊な私のことだから、おいしい差し入れは持って行ったと思う。森田芳光監督から紹介されてクミジャを見た途端、ひと目で好きになった。私は相手が女であれ男であれ、好きになるときは大体ひと目だ。人付き合いの段取りみたいなものが苦手だからかもしれない。

そんなときのセンサーポイントは、女なら足が清潔でキレイな女《ひと》。とりわけ足の指。ストッキングなんか履かず、スエードの淡いローズ色のハイヒールが似合って、そのハイヒールの中の小さな暗闇を秘密の花園にしてしまうような、そんな足指。撮影現場で紹介されたときのクミジャはたまたま裸足で、そんな足指の持ち主だった。ちなみに男へのセンサーポイントは頬骨だ。例えば原田芳雄さんのような、男の哀しみや恥じらいのある頬骨。あくまで個人的嗜好だが。
そんな私の想念が通じたのか、クミジャもすぐに受け入れてくれた。撮影が終わってじきのころ、ひとりでうちへ来て、私が作るごはんを一緒に食べた。愛想のない私のうちまで来て、ふたりでごはんを食べた女優なんて、加藤治子さんと藤村志保さんと石田えりさんと小泉今日子さんくらいしか思い出せない。

あの夜、クミジャと何を話したのか、よくは覚えていない。たぶん、六〇年代末から七〇年代前半のアングラ芝居のことなどを話したと思う。クミジャは私より十歳年下だから、そのころのアングラ芝居を観るには少女すぎた筈だ。唐十郎の紅《あか》テント（「状況劇場」）ではバケツの泥水の飛沫を浴びたことや、私が通っていた成城大学でゼミのクラスメートだった地味目でおとなしい男子が寺山修司主宰の「天井桟敷」に入ってびっくりしたこと。四谷あたりの公会堂みたいな場所で、清水邦夫作・蜷川幸雄演出の「ぼくらが非情の大河をくだる時」を観てワクワクしたこと。女優だった私の伯母（故・赤木蘭子）も一本だけアングラ芝居に出ていて、村井《むらい》志摩《しま》子《こ》（劇作家・演出家。日本アート・シアター・ギルド〈ATG〉の主要な映画館「アートシアター新宿文化」の総支配人であり、ATG映画の製作者だった葛《くず》井《い》欣士《きんし》郎《ろう》さんの夫人）演出の作品。楠侑子《くすのきゆうこ》さんとの、ふたり芝居だった。その小屋が「アートシアター新宿文化」の地下にあった「アンダーグラウンド蠍座《さそりざ》」という、狭いというか天井が低いスペースで（私の記憶では）、観には行ったけれど息苦しかったこととか。

そしてATG映画のこと。一九六一年から九〇年代にかけて、他の映画会社とは一線を画す非商業主義的な志のある作品を製作・配給したATG映画を、クミジャも私もずいぶん沢山観ていた。例えば、「かくも長き不在」「アメリカの影」「小間使の日記」「8½」「気狂いピエロ」。日本映画なら「竜馬暗殺」「ツィゴイネルワイゼン」「遠雷」「家族ゲーム」「お葬式」「台風クラブ」等々、いっぱいある。ふたりにとって、青春そのものの映画たちだった。

あの夜、作った料理のこともこまかくは覚えていないが、一品だけ思い出せる。「トマトと玉子と白キクラゲ(特に白キクラゲ)、なんとなくクミジャに似合うと思ったから。私がよく作る料理だけれど、女の体に良さそうだし（特に白キクラゲの炒めもの」。

コツがあるとすれば、シノワ醤油を作っておくこと。いつもの醤油を清潔な容器に入れ、出汁昆布とタカノツメとニンニク二、三個を入れるだけ。三日目くらいから使えるが、冷蔵庫に入れておけば数年、うちのは注ぎ足しをくり返して二十年以上。これを作っておくととても便利だ。ニンニクが黒く漬かってきたら、刻んでチャーハンに入れてもいいし、そのままポリポリ齧って酒肴にもなる。そして新しいニンニクを放り込む。クミジャとはポリポリしたと思う。

他者といるときの疲れを感じさせない女《ひと》だった。容姿はテレサ・テンをもう少しスーッとさせた面立ちで、色が白くて少女の透明感があるキレイな女《ひと》で、ややアナーキーな激しさも秘めていたし。「また一緒に仕事したいね」、と静かに話し合った。

その機会は思いがけず早くにやってきた。久世光彦演出のTBSのスペシャルドラマ「響子」。東京で代々続く老舗の石材店の長女（田中裕子）と、腕利きの荒くれ職人（小林薫）の道ならぬ恋を軸に物語は紡がれていく。かなり変わったドラマで、その長女は「石」に性的な欲情を感じるのだ。久世さんも私も大好物な設定だ。長女と石（墓石）のカケラを咥えながら結ばれてしまう職人の、別居中の妻がクミジャの役。久世さんもクミジャが好きで、キャスティングもすぐに決まった。

クミジャのドラマの中での登場がカッコよかった。久世さんにはスエードの淡いローズ色のハイヒールのことは伝えておいた。そして登場のシーン。雨がそぼ降っている。石材屋の裏木戸を開けて、雨傘をさした女がひとり入ってくる。上半身は傘の中で見えない。女は素足に真っ赤なハイヒールを履いていて、ぬかるんだ庭土が女の白い素足と赤いハイヒールを汚す。女はかまわず歩を進める。傘をあげた女の、やつれて美しい顔が映し出される。――この登場だけで、その女のことが、まっとうには生きられない荒くれ職人への捨てきれない思いが伝わってくる。こういう場面の久世演出はいい！　汚れたハイヒールを脱いで、小屋の中で、石を削る夫である筈の男と対面したとき、責めようと思っていたのにやさしい顔になってしまうクミジャがキレイで切なかった。

もういちど、「トマトと玉子と白キクラゲの炒めもの」を一緒に食べたいと思っていたけれど、クミジャは四十代の半ばで癌につかまって、逝ってしまった。

夏目雅子さん

夏目雅子さんと一度だけ会った、というか見たことがある。大好きな女優さんだから嬉しくて、思わずチラチラ見てしまったくらい。仕事仲間に連れられて、初めて入ったバーでの出来ごとだ。やがて夏目さんはゆらりと席を立つと、店のドアを開けてゆらゆら外へ出ていった。私も吸い寄せられるように席を立ち、ドアの外へよたよたと出ていった。すでに夏目さんも私もかなり酔っていて、だからゆらゆらよたよたなのだ。

夏目さんは店の近くの路端で仰向けに寝転んでいた。とても気持ちよさそうだ。スター女優の所作としてはかなり無防備で、いい感じだった。私自身もたまに同じようなことをするので、親近感も抱いた。夏目さんは寝転んだまま、何か声を上げている。哭《な》くとかではなくて、楽しそうに声を上げている。それ以上近づくのをためらった私の耳には、夏目さんの声が何か韻を踏んでいるように聞こえた。

夏目雅子という女優（女）を嫌いな人なんていただろうか。みんなが好きだった。だからといって万人向けのいい子ちゃん女優ではなかったし、むしろイケナイことも危ないことも汚れることも、ぜんぶやってみたい、キラキラした好奇心の持ち主だったと思う。自分を出し惜しみなんかせずに丸ごと投げ出して（役にも人生にも）、精いっぱい、それを楽しそうに燃やし尽くしている彼女の姿を画面や写真で見るたび、ひとは誰だってそんな風に自分を燃やし尽くして生きてみたいと密かに思う。でも、なかなか出来ることではない。それを夏目さんは、僅か八年くらいの女優人生の中で見せてくれたのだ。最後には死に様まで。

生まれつき丈夫な体ではなかったらしい。扁桃腺が腫れやすく、腎盂炎が持病だったというから、腎臓もタフではなかっただろう。私も同じ体質なのでわかるのだが、常用する薬も多かったと思う。夏目さんと私の常用薬を合わせれば、かなりゴージャスな「おクスリのおはじき」（私が子供だったころにした奇妙な遊戯）で遊べたかもしれない。腎臓が弱ければ顔がむくみやすく、夏目さんも最後のころには撮影ができない日もあったらしい。松田優作と同じだ。優作も顔がむくみやすいから、自宅にサウナルームを造り、撮影に挑む前に強いサウナで体内の水分を絞っていた。彼の腎臓や膀胱にとってきついことだったにちがいない。あんなカッコいい優作や夏目さんにも、素敵に映らなくちゃいけない宿命があるから、辛いことがあったのだと思う。

そんな夏目さんがデビューした十九歳のころは、小麦色に焼けた健康的な肢体だった。カネボウの夏のキャンペーンガールで、ビキニの水着姿のポスターは大人気で、貼っても貼っても剝がされてしまったという。

夏目さんの女優人生は祝福されたかのように、七六年のデビューの時から順調だった。翌々年にはドラマ「西遊記」で三蔵法師になり、ツルツルの坊主頭が可愛くて一躍人気者になった。そして和田勉演出の「ザ・商社」で、上半身裸にして野心の女を熱演。私もこの時の彼女を観て「ワー、度胸のあるいい女優が現れたなぁ」と魅せられた。次に久世光彦演出の「虹子の冒険」で連続ドラマ初主演。和田さんと久世さんという、まったく異質なふたつの才能に若くして出会えたなんて、とても幸福だ。

その後も映画・テレビ・舞台と、つぎつぎ全力投球で演じていく。八一年、バセドウ病を患う。もともとの体質も含めて、免疫力が強くはなかったはずだ。でもその病をのりこえて、「このビョーキで目玉が大きくなって、かえって可愛くなったでしょ？」なんて言ってみせている。いっそう可愛くなった夏目さんは、初めてのヤクザ映画「鬼龍院花子の生涯」でヒロインを演じ、「なめたらいかんぜよ!!」の啖呵がその年の流行語にもなった。この撮影のとき、「他の出演者の女優さんが何人も脱いでいるのに、自分だけ脱がないのはおかしい。私も脱いで芝居します」と自ら希望して、役に挑んでいった。オッパイがちょっとだけ見えてもNGになる今どきのタレント女優とは別次元の女優だった。

その次の年（八三年）は映画の豊作で、「時代屋の女房」「小説吉田学校」「南極物語」「魚影の群れ」、さらに翌年「瀬戸内少年野球団」。その年の八月、カネボウのキャンペーンガールの時から好きだった（らしい）伊集院静氏と結婚。彼女いわく「私のようなおしゃべりの女の子が、同じ部屋にいたら楽しくなるんじゃないかって、私の方から何度か言いました。私、ほとんど押しかけ女房です」。そのころの、全身全霊で喜びを表す彼女の写真を見て、「なんて愛おしい女だろう。伊集院静さん、ちゃんと幸せにしてくれるのかな」などとお節介にも感じたことを覚えている。

でも、その翌年の八五年二月。念願だった舞台「愚かな女」の公演中に病にたおれる。病名は急性骨髄性白血病。かつての三蔵法師みたいな可愛いクリクリ坊主になって病と闘ったが、九月、逝去。「死ぬまで女優を続けたい。キャスティングしてくれる限り、女優をやめない」と言っていたのに。まだ二十七歳だった。

そんな夏目さんと、一緒に仕事ができるかもしれない機会があった。その頃の私は初めての連ドラ「家族ゲーム」や「東芝日曜劇場」を何本か書いたくらいの新人だというのに、なぜだか幾つもの脚本依頼がきてびっくりしているうちに、武敬子さんという熱心なプロデューサーに強引に口説かれてしまった。ＴＢＳのオリジナルの連ドラで、タイトルは「離婚テキレイ期」に決まった。主役の夫婦に浅丘ルリ子さんと竹脇無我さん。三世代同居のホームドラマをベースに、共働きの夫婦の問題や、女にとって仕事と家事育児は両立できるのか等々を盛り込んだ、基本ハートウォーミングでコメディタッチの「正しい」ホームドラマだ。でも私は、その手のドラマが苦手なのだ。だったら苦手であることをきちんと主張して、正しくないヘンテコリンなホームドラマを作ればよかったのだが、私はまだ力不足だった。

ズルズルと正しい方へ滑り落ちながら悩む私を励ますつもりで、武さんは声をかけてくれたのだと思う。「ねぇ。次に私とやるならば、ヒロインは夏目さんなんてどう？」。えッ、あの夏目雅子さん？　武さんは「野々村病院物語」という連ドラで夏目さんと付き合っていて、彼女を口説けるという。嬉しくてドキドキした。おまけに相手役には所ジョージさんというアイディア。所さんは「離婚テキレイ期」で、いい加減で自由でいい奴、みたいな役で出てもらっていて、たぶん初めてのドラマ出演じゃなかったのかな。まだ今のような芸風ができ上がる前で、主に喋りとコミック風フォークソングの流し芸人スタイルのころだったと思う。すごく旬で、いい匂いのする若者だった。その所さんと夏目さんときいて、私はすぐにウッディ・アレンの「アニー・ホール」を思った。難しいに決まっているけれど、あんな脚本を書いてみたかった。アニーのような意気地があって寂しがりやで、抱えきれないくらいデッカイ愛の持ち主なのにちょっとアンバランスな、そんな女のキャラクターを創ってみたかった。夏目さんにぴったりじゃないか。でも武プロデューサーは鎌田敏夫脚本の次作「男女7人夏物語」が決まり、大ヒットさせ、いつしか私との企画案は消えていった。

夏目さんが俳句を詠む人だったことは、彼女が亡くなってから知った。幾句かを読み返していたら、たった一回だけ会った（見た）夏目さんが蘇ってきた。夜のアスファルトの路端に気持ちよさそうに寝転んでいた夏目さん。「なんとなく、っていうのは嫌です。なんとなく流されるんじゃなくて、流されちゃえ、って流されたいの」「私って、いざとなるとすごいみたい。とんでもないことしでかすの」。そんなことを言っていた夏目さん。やっぱり、アニーみたいな女を演じてほしかったな。私も思いをこめて、正しくなんかないヘンテコリンな世界を書きたいから。

あの夜、天空に向かって放っていた、韻を踏んだような夏目さんの潔い声が幻のように聞こえてくる。もしかしたら、私が大好きな、彼女のあの句だったかもしれない。

風鈴よ　自分で揺れて　踊ってみたまえ

岡田周三さんと「ヘン屈オヤジの江戸前寿司」

下北沢「小笹寿し」のオヤジ、岡田周三さん。二十代の終わりに初めて店を訪れて以来、幾度となくオヤジが握る江戸前寿司を食べさせてもらっただけでなく、どういう理由《わけ》だか可愛がってもらって、他愛もないのに大切なことをいろいろ教えてもらった。大好きなオヤジだった。

世間では、「二十世紀を代表する（寿司）名人、岡田周三」などと称されている。そうなのかもしれないが、私はあちこちの寿司名人を比べるほど多彩な体験は持っていない。寿司屋というのは一、二回訪ねたくらいでは、その店の本質（それがあればのことだが）に辿りつくことなどできないと思う。だから岡田のオヤジと出会ってからは、他の店にいってみようという自発的な気持ちは起きなかった。それでも、オヤジのもとにいた弟子たちが、各々に独立して店を出したというのを知ると行ってみた。

私と同い年のヒデさんの桜新町「喜よし」には三回くらい出かけてみたし、シゲちゃんが出した神泉「小笹」には度々出かけた。私が引越した先から行きやすかったのだ。でも十年位前に「週刊文春」に店が出てからは、客人の顔ぶれも変容して華やか（？）になり、行かなくなってしまった。初めてこの店に行ったときは、迎えてくれたシゲちゃんに開口いちばん「いらっしゃいませ！　一丁目のツッイさん」と言われてびっくりした。彼は下北沢「小笹寿し」にいたころ出前持ちもやっていて、近所だった私のとこにも来てくれて、それが代沢一丁目だったのだ。自転車をこいで、オヤジが私の母（もう出歩くのが辛くなっていた）のために握ってくれた寿司を運んでくれたシゲちゃんが、お洒落な寿司屋の主になっていて、何だかこそばゆかった。小ぶりの寿司を握るたび、前歯の下からチロッと舌の先が出てしまう癖は変わっていなかったけれど。

そしてもうひとり、オヤジの一番弟子であるツトムさんはいっぺん外に出たあと再びオヤジのもとに戻り、現在、オヤジ亡きあとの下北沢「小笹寿し」を継いでいる。とても繁盛している。

この原稿を書くこともあり、久しぶりにツトム大将の「小笹寿し」に出かけてみることにした。オヤジのころと同じで予約は受けつけない店だし、人気が高くて開店の五時前には並ぶ人がいるという。そう教えてくれたのは、同行の約束をしてある「レディジェーン」のオヤジ大木さん。彼は近所に住んでいる。「だから、ボクが早めに行って並んでますよ」。

この日は大木さんと私と、私の相棒の三人づれ。相棒は私に負けないくらいの食いしん坊で料理好き。近ごろでは握り寿司もなんとかこなせるようになってきて、伝説のオヤジの仕事を継ぐという店に行ってみたいと。

下北沢の駅を降り、茶沢通りを三軒茶屋に向かって歩いて七、八分。秋の暮れなずむ空を見上げると、左手に見えてきた森巖寺のうっそうとした樹々の間から、十四夜の月が昇ってくる。明日は十五夜。その手前の少しだけ満ち足りない十四夜の月（別名、待宵の月）を、江戸っ子は好いたらしい。代々の江戸っ子だったオヤジも愛でているかもしれない。だってオヤジはこの森巖寺の墓所におわすのだから。その山門のすぐそばに下北沢「小笹寿し」はある。オヤジのころの店から少しだけ移動して、ここに来たのだ。ここならオヤジはいつでも店を見守っていられる。あるいは見張っていられる。ツトム大将や店の若い衆はどっちと思うだろう。いずれにしても羨ましい距離感だ。

五時少し前に辿りつくと、店の前にはすでに三人の客人が並んでいて、大木さんもいる。昔は遅刻しかできなかった大木さんも、歳を重ねてせっかちになったのかもしれない。じき開店となり、オヤジの代からの暖簾をくぐって店に入ると、さっぱりとした空間に白木の「く」の字形のカウンターと六脚の椅子、テーブル席が三つ。ガラスのケースには丁寧に準備されたネタが開店刻《どき》らしい行儀のよさで並んでいる。岡田のオヤジが亡くなってもう十七年。あんなにも通っていたのに、新しくなったこの店に来るのは初めてだ。少し、恥ずかしい。私は椅子に坐ってマスクを取ると、真っ白なマスクを付けたツトム大将に挨拶をしてから、ガラスケースに並ぶネタに目をこらす。オヤジが居たころのことが、ここよりも狭くて寿司酢やネタの匂いが濃密に立ちこめていたあの店でのことが胸にこみ上げてきた。

初めて下北沢「小笹寿し」に入ったのは二十九歳のころ。誰と一緒だったのか定かな記憶はないが、たぶんテレビ局のプロデューサー氏だ。でも、その方の発案でつれていってくれたとは思えない。下北沢「小笹寿し」を選ぶほどのセンスがあったり、食いしん坊な方はいなかったもの。たぶん私が異様なくらい利く鼻と勘で探りあて、リクエストしたにちがいない。何を何処で食べたいのか、明確な意志を持って伝える若い女なんて嫌う人が多いだろうが、たまに嫌わない人もいたようだ。そんな方がつれていってくれたのだろう。たぶん。

店に入ると、おいしそうな匂いと気配がヒタヒタと押し寄せてきた。八人掛けくらいの白木のカウンターの向こうに、ヤカンのような艶のある頭にねじり鉢巻をした年配の主（オヤジ）と若い職人が並んでいる。「へい、いらっしゃい」と渋い声で迎えてくれたオヤジの前の席に案内された。椅子に坐って店内をそっと見まわすと、その日のネタが木札に書かれて奥の壁に並んでいる。オヤジがギロリとした目で私を見ている。

「何からいきましょう」と渋い声が問う。同行の人もこの店は初めてなので、オヤジの問いに応えるより先に私の方を見る。私は迷いながらもいちばん好きな小肌からいくことにした。「小肌。ツマミでおねがいします」。オヤジの顔が「ほほう」というちょっと意表をつかれたような、でもやわらかな表情になった。同行の人も私と同じ注文をする。「それとカレイもおねがいします」「へい、マコ（カレイ）」とオヤジ。私は子供のころから鮃《ひらめ》より鰈《かれい》が好きで、とりわけ煮付けが好物だったが、マコなんていう鰈は初めてだ。ワクワクしたのを覚えている。小肌の〆加減もマコもとってもおいしかった。

この夜はツマミをもう少しと、握りを数個（鰺と赤貝のヒモは入っていた筈だ）いただいたと思う。私の腹分量はそのころも今も大体それぐらいだから。玉子焼きが好きなタイプなのも嬉しかった。京風の出汁巻きより、お正月の伊達巻きのようなスポンジみたいなのが好物なのだ。魚のすり身が入っているタイプ。年の瀬に築地の場外へ行き、まだ温かい伊達巻きを買うと、うず巻きの棒のまま齧ってしまうくらいに好きだ。蕎麦屋や料理屋で供される玉子だけの出汁巻きに比べて、スポンジタイプは子供じみていて上品ではない、と指摘されることも度々だが、ホッと甘くてやるせなくて、好き。

　こうして岡田オヤジとの付き合い、などと言うのは生意気で、ヘンな女客とそれを受け止めてくれたヘン屈なオヤジとの、カウンター越しでの出会いが重なっていくことになる。あとで知るのだが、オヤジは寿司は手で食べるのを本来と思っているから、箸で握りを持ち上げるのをあまり好まない。注意を受けた客人も多いらしい。私はたまたま手指で食べるのが好きで、寿司にかぎらず和洋中、素手でいただけるものはそのようにしている。おいしいものと自分の間に、たとえ道具であろうと入れたくはないから。直接触れ合いたい。指だって、おいしさを感じる細胞を持っているのだから。行儀作法にうるさくて頑固といわれたオヤジだが、最初の出会いの小肌を握りでもおねがいして、そこからは指でつまんだことが気にいられたのか、そのあとからも叱られたり、お説教された記憶はほぼない。

　三回目くらいまでは誰かに連れられて「小笹寿し」へ行った。その最後に同行した某テレビ局のプロデューサーであり演出家の方がまったく食べることに興味の無い方だった（久世光彦さんではない。彼は食べることのために赤坂から下北沢まで行ったりはしない。食より女、が久世さんのモットーだったから）。で、その方が、岡田オヤジの握ってくれた寿司を箸で持ち上げて食べると「うん、昼にスタジオで食べた弁当の鮪より黒くなくて旨いな」と宣うたのだ。ドキッ。私は息が止まるほどの驚きと緊張でオヤジの顔色を窺った。オヤジは何事もなかったかのように仕事をつづけてくれた。

そして四回目。私はひとりで「小笹寿し」の暖簾をくぐった。「へい、いらっしゃい」。オヤジは私の他に誰も来ないのに気付くと、やっぱり当たりまえのように自分の前の席に坐らせてくれた。初めてひとりでオヤジと向き合うのに、私は照れちまったことを覚えている。それでもいつもと同じようにお酒を常温でおねがいして、ツマミで「小肌」と「マコ」。このころには「赤貝のヒモ」も加わるようになっていた。握りだと軍艦と呼ばれる形になり、顎関節に問題のある私の口には大きすぎるから。それらをつまむ間に、握り用の鮪の赤身をヅケにしてもらう。もしかしたら、握りで鮪の大トロもいただいたかもしれない。この時までに、鮪なら赤身がいちばん、次が大トロ、中トロは上品だけどつまらないと思うようになっていた。

カウンターを挟んでオヤジとどんな言葉を交わしたのか、モヤモヤと覚えてはいるけれどモヤモヤとして判然とはしない。三十を越えたばかりの女がひとりで来ることに違和感を持つようなオヤジではなかった。ひとりで来て、握りをいくつかリズミカルに食べ、長居なんかせずさっぱり出ていくのが寿司の食べ方の理想、とオヤジから聞かされたこともある。だからひとりで来るのは歓迎なのだが、酒に関しては喜ばない。菊正宗の樽の一種しかない。「それで充分。うちは居酒屋じゃねぇんだ」。

数年が過ぎたころ、久しぶりに同行を持たずに行くと、オヤジが「きのう来ればよかったのに」という。「どうして?」「江戸家猫八師匠（三代目）がみえたんだが、あれが寿司の食べ方のお手本ってくらい見事だったねぇ」。つまり、混む前の店開けのころにブラリとひとりで来て、熱いお茶で握りを十貫くらいさっさと食べて、「ごちそうさん。うまかった」と切り上げて帰っていかれたという。ふーん、見事だねぇ、カッコいいねぇ、江戸っ子だねぇ、とオヤジと話しながら、私は空になった徳利の首をつまんで「お酒、もう一本!」。やさしい女将さんが背後に来て、いつもの笑顔で空徳利を受けとり「かしこまりました」と奥の仕込み場へと戻っていく。

ふと気付くと、目の前にいたオヤジの姿が消えている。あら? どこへ行っちゃったんだろう。今までいたのに。女将さん追いかけて仕込み場へ行ったのかな。素早いなァ、と感心しながら厠へ行こうと立ち上がった私は、何の気なしにカウンターの向こうをのぞき込んだ。居た! オヤジが居たのだ。立っていたその場にしゃがみ込んで。そしてタコ入道のような頭のまわりには紫煙がたなびいている。ん?! オヤジは煙草を吸っていたのだ。喫煙に関して過剰なくらいの締めつけがある現在《いま》では考えられないことだが、オヤジはかなりのヘビースモーカーだったのだ。そういえば時々姿が消えるよなぁ、とは思っていたが、煙草とは思いつかなかった。子供が失敗を見つけられた時のような、気不味《きまず》さと居直りが混ざり合った、複雑な顔つきのオヤジだった。

オヤジの悪戯《いたずら》は煙草だけではない。しゃがんだついでに、ツマミや握り用に捌いたときに残った魚の切れ端なんかでさっと握りを作り、つまみ食いをしていた。オヤジに言わせれば味見、ネタの味の確認だったのかもしれないけれど、この行為の目撃者は常連にはずいぶんいたと思う。そうやって小腹を満たして立ち上がると、また絶妙な握りをやり、頑固そうな顔で説教もする。たかが煙草の一服やつまみ食い如きに負けるオヤジの腕ではなかった、ということだろう。

オヤジの寿司を食べさせてもらう回数が重なるにつれて、握り寿司というのは、それを握った職人の掌《てのひら》によって作られるのだという、あまりにも当たりまえのことを深く感受するようになった。同じネタ、同じシャリがあっても、それを握る職人によってまったくちがう握り寿司になる。岡田オヤジと隣りにいる若い職人とは同じネタとシャリを使う。でも出来上がった握りの味はちがう。どっちがいいとかではなくて、ちがうのだ。オヤジひとりを取ってみても、このあいだと今夜ではちがうかもしれない。たぶん、握り寿司というのは、掌のなかに入れたネタとシャリが握られることによって、一瞬の発酵をして仕上がるのではないか、と私は思っている。数値では計れない、その業（パワー）が名人の所以なのだ。なんて小難しいことをいちいち感じて食べている筈もなく、たいていは酔っぱらって、自分の頭や感覚の方が発酵（断じて腐敗ではない！）しそうになっているのだが。

オヤジの店にはいろんな人とも行った。好きだと思える仕事仲間や友人。大木さんとも度々行った。そこに松田優作が混ざることもあり、あの指元から指先まで同じ太さのゴム手袋みたいな大きな手で繊細に寿司をつまむのを横目で見て、「おーっ、ファンタスティック！」と思ったこともあるし、黒田征太郎さんがとてつもないパワーを封じ込めながらそっと寿司をつまみ、酒を体内に注ぎ込むのも見た。加藤治子さんはご自宅がわりと近かったから、タクシーに乗ってもらって、一緒に食べたことも幾度かあった。そんなときの治子さんはいつだってちゃんとお化粧をしてお洒落をして、綺麗な治子ちゃんで来てくれる。そしてオヤジに「アタシは少しっきゃ食べれないから、（シャリを）小さく握ってください」と頼んでいた。ネタの好き嫌いはおありになったけれど、治子さんもオヤジも私も代々の江戸っ子なので、お好きそうなものをすすめることができた。「少しっきゃ」のわりには、いろいろ食べてくれてホッとしたものだ。

例えば鮑《あわび》。同行の人が頼むときはたいてい「蒸し鮑」だった。たしかに職人の仕事が入った下北沢「小笹寿し」の蒸し鮑はとてもおいしい。でも私ひとりの時は生の鮑をおねがいする。歯も弱い私にはやや嚙み応えがありすぎなのだが、オヤジがその場で作ってくれるタレが抜群なのだ。生の鮑の肝を小さめのすり鉢ですってから生ウニを入れる。このタレが旨い。誰もいなかったら、小皿にくっついて残ったタレに舌を伸ばしてペロペロしちゃいたいくらい。

穴子焼き。これも店の名物。オヤジの穴子は、生の穴子を生地《きじ》から焼くので「キジ焼き」。たいていの寿司屋で供されるのはほんのり甘辛い煮穴子を炙ったものだ。オヤジはじっくり炭火で焼く。ジリジリといい匂いと煙を上げながら丹念に焼く。焼き上がった穴子はツマミで頼む人が多い。塩と山葵でさっぱり食すのもよし、濃厚なツメを垂らしてもらうのもよし。私は焼きたてのツメ穴子を握ってもらうのが好きだった。でも、このあいだ出かけたツトム大将には「キジ焼きのツメ穴子は握らない」と言われてしまった。同じ「小笹寿し」の大将でもそれぞれに流儀があるのだろう。

オヤジとのカウンター越しの付き合いにだいぶ慣れてくると、いろいろわがままを言ったものだ。イカをたのむときには頭の上に両手で三角の形を作って「エンペラある？」なんて訊いたりして。やわらかな身よりも、薄手でシッコリしたエンペラが好きなのだ。

手巻き、もおねがいするようになった。ほの甘い桜色の田麩《でんぶ》（そぼろ、と呼ばないと叱る人もいるが）と細ーく切った山葵だけの手巻き。おろし山葵と細切り山葵だけの手巻きも。山葵はおろさなければ辛くはないのだ。そんな大好物をおねがいするたびオヤジは「手巻きはオナゴにゃ作らねぇんだが」と言いながら、ちゃんと作ってくれた。というより、そんな組み合わせに気付き好きになったのは、オヤジのせいもあるような気がする。そう、私の寿司の食べ方は、オヤジの導きによって作られていった。だから岡田オヤジは私にとって（寿司の）心の師匠なのだ。

ひとつだけ、オヤジにとても感謝していることがある。私の母のことだ。代々の江戸っ子の末裔ながら、私にとって母は最後の親族。母が去れば、ふるさと東京でひとりになる。宵越しの金を持たないだけじゃなくて、宵越しの自分も持たない輩なのだ。オヤジはそのことを知っていた。わざわざ身の上話をする趣味などないが、なにかの会話で、オヤジは江戸の寿司職人の四代目で、私の家系は母の親の代まで数代続いた神田の建具職人だった、というようなことに触れた。でもそれも私で最後だと。清々とした、ひとりきりになれると。

オヤジはそのことを覚えていて、母が急性悪性リウマチで入院して、なんとか退院してきたが歩くのがやっとなの、と私が話すと（余計なことを話したものだ……）、「お母さん、ここへいっぺんお連れしなさいよ」と言ってくれたのだ。母にそのことを伝えると、恥ずかしがりやの母は「そんなこと……迷惑をかける」と小さな声で言ったけれど、本当はすごく行ってみたい、そんな上等な寿司屋になんか入ったこともない母だけれど、心の片隅がドキドキしているのが感じられた。

私はオヤジに相談して、平日で店が開いたばかりの迷惑がかからなそうな時刻に、タクシーで母をつれていくことにした。オヤジと女将さんも一緒に迎えてくれて、オヤジの前の席に坐らせてもらった。リウマチを持つ母の手は少しだけ震えが止まらず箸を使うのが上手にできないので、「お母さん、手で食べなよ。大丈夫だから」。「そうなさってください」とオヤジ。母はコックリと頷くと、震える手をのばして、私が選んだ小肌や赤貝のヒモやヅケ鮪やキジ焼き穴子をゆっくりと美味しそうに食べた。

それからはもう、タクシーを使っても人前に出かけるのは辛くなった。下北沢「小笹寿し」で私と一緒に食べた記憶は、母にとって最上の思い出となったにちがいない。そうしたらオヤジが「出前にしなさいよ」と言ってくれた。オヤジの寿司を出前でとるなんて思いもつかないことだった。遠慮がちに電話すると、若い衆が桶に入った握り寿司と玉子焼きを自転車で届けてくれた。オヤジは私が好きなものを熟知しているから、わざわざ注文しなくても大好きなものばかりが届いた。そのころの私は仕事が超忙しくて、寝たきりになった母もいて、でも不良な私はたまにひとりでオヤジの店にいく。混んでいてもいなくても、オヤジは「ここへ坐んなさい」といって、入り口のそばの、普段は客を坐らせない（焼き場に近いので煙たいからだろう）椅子をすすめた。私が注文しようとすると片手を出してそれを制して、「オヤジが出したいものを出すんだから」と言って、おいしいものを切ったり握ったりしてくれた。こんなこと告白したら行儀がわるいかもしれないけれど、オヤジはそんな時のお勘定は受け取らなかった。オヤジが出したいものを出してるだけだから、と。そういう筋の通し方をする、あったかいオヤジだった。

岡田周三の握る寿司よりも、上手な寿司はあるかもしれない。上等なネタも。あとを継いだツトム大将の握りは、大木さんからは「オヤジを超えてる」とさえ言われる。たしかに端正で香りよく、淡やかな上品さがある。すぐにもまた行きたいおいしさだったけれど、やっぱり岡田オヤジの掌が握った、コッンとした何かがある寿司が好きだ。たぶんそのコッンは、オヤジの裡にある代々の江戸っ子のヘソ曲がりでヘン屈で、人前には出さない出せないベラボウなやさしさと通底するのかもしれない。ちょっとヤンチャで自滅的（オヤジは自分をそう思っていたらしい）な魂と。

そんなオヤジともう一度食べられるとしたら——といったって、ふたりで一緒に食事をしたことなんて一度もない。初めてする、という想像メシだ。だったら、とびっきりおいしい江戸前寿司がいい。いい匂いの立ちこめる寿司屋の白木のカウンターを挟んで、ぬる燗のお酒をチビチビ飲みながら。もちろん、握るのはオヤジ。食べるのは私！ワーォ、極上至極だー。

樹木希林さんと「玄米の味噌雑炊とうち糠漬け」

希林さんにバッタリ会うたび、どんな風に声をかけたものかと、ちょっと迷ってしまう。希林さんも私も西麻布に棲んでいた時期がかなり長くて、おまけに至近（徒歩三、四分）でもあったので、バッタリが度々だった。郵便局とか小さな電気屋さんとか曲がり角とか。その度迷った。

だって「今日はお元気そうですね」と言えば「元気なわけないでしょ」と返されてしまうし、「なんかお疲れみたい」と言えば「そう見える？」と言下に否定をこめて返される。だから「お元気そうだけど、疲れて……いるみたい……でも……」。久世（光彦）さんもよく似ていた。「お元気そう」と言えば「そんな筈がありません！」と否定されるし、「どこか具合でも」と心配すれば「至って元気です！」と憎ったらしくおっしゃる。

希林さんと初めてお会いしたのが何時、何処だったのか定かではない。私は脚本を書き出す前から久世ドラマのファンだったから、「時間ですよ」も「寺内貫太郎一家」も「ムー」も「ムー一族」も観ていて、どの作品にも希林さん（「ムー」の前までは悠木《ゆうき》千帆《ちほ》が芸名だった）は個性的に存在していて、初めて実物にお会いした時にはなんだか知っているような気がしたのかもしれない。テレビを介しての錯覚。それくらい久世ドラマに出てくる希林さんと実物の希林さんの存在感はよく似ていた。

だからといって親しくできたわけではない。私は誰に対しても親しくなるのが苦手で、滑らかに接するのもヘタクソだし、時候の挨拶や世間話なんかうまく話せない。だから希林さんとは「それなりに」付き合えたのかもしれない。希林さんも全然滑らかなヒトではなかったし、無駄なことを話すのもお嫌いそうだったし。希林さんと話すと、たいていはすぐに終わってしまう。希林さんの無駄嫌いに加えて、私の話法もラテン的でセンテンスが短かい。デカルトの「我思う、故に我あり」的な。「私は○○が好き。××だから。あれは嫌い。△△だから」。もっとグチャグチャしたりダラダラするのが、この国の女たちの話法の主流(魅力)だと思うけれど、それができない。

そんな風だから、希林さんとの滑らかなストーリーのある思い出は綴れないけれど、スポット的な記憶なら幾らでもある。どれもちょっとヘンで、楽しくて。今回はそんな記憶の断片を、幻灯機で壁に映し出すみたいに、時系列無視で書いてみようと思う。

希林さんとの最初の仕事はテレビでも映画でもなくて、舞台だった。お芝居。一九九四年に新神戸オリエンタル劇場で公演した「庭を持たない女たち」(ダグラス・ダン原作)。自分の庭を持てない中年の女三人が、町を散歩しながら、他人の庭を見て羨んだり軽蔑したり憧れたりする会話劇のような作品。その三人の女を、岡田茉莉子さんと藤村志保さんと希林さんが演じた。

西新宿のあたりに稽古場があって、私も出かけて、部屋の外の陽だまりで希林さんと初めて二人きりで言葉を交わした。覚えているのは車の話だ。ちょうど同じ稽古場で沢田研二さんも別の芝居の稽古をしていて、駐車場にジュリーの車も駐まっていた。希林さんはいきなり、「ほら、ジュリーの車、カッコいいねぇ」と言った。高級外車のいいとこ取りで作ったオリジナルカーだという。私もその車を見たのだが、覚えていない。希林さんは大の車好きで、ご自分もカッコいい車に乗っていたけれど、私は車にまったく興味がないのだ。

それを素早く察した希林さんは話題を転じて、娘の也哉子《やや こ》さんのことに飛んだ。今回の芝居の顔合わせのとき、私から也哉子さんのことを話したからかもしれない。まだ十代で海外留学中の也哉子さんのことを、私は知っていたのだ。その数年前、希林さんも出演していた（と思う）舞台（作品名は忘れた）を観たことがあって、その舞台にちょっとだけ少女の也哉子さんが出ていたのだ。私は息をのむくらいその少女に惹かれて、思わず楽屋へのぞきに行ってしまった。あたりまえな佇まいなのに、不思議なオーラをまとう少女だと感じた。そんな私の話を聞いたので、希林さんは也哉子さんのことを話したのだろう。その話がびっくりだった。

「うちの娘がね、プロポーズされてんの。まだ十七なのに。モッくんから」。え？　えッ？　すぐには話がつかめなくて、訊いた。「モッくんて……」「本木雅弘さん。彼が言うの。也哉子さんもいずれは結婚なさるでしょう。そのプロポーズの列に、ボクも今から入れといてください、だって」。グフッと笑いながら、へっちゃらな顔で希林さんは言った。そうか……あのオーラの少女とモッくんか。私はよく分かりもしないまま、納得していた。

希林さんと藤村志保さん。

ふたりが出会ったのも「庭を持たない女たち」だった。私はその前にも志保さんとはNHKのドラマでご一緒していて、大好きだったので出演してもらった。希林さんもこのとき初めて志保さんと出会い、大好きになった。あれから二十数年が過ぎ、二〇一八年の初秋に希林さんは逝ってしまった。ご臨終のあと、也哉子さんと本木さんから電話を受け、「母の死顔を最初に見てください」と請われたのが志保さんだった。

個性的な脇役（若い時からヘンなバアさんを演じたりした）を得意とした希林さんと、着物を着せたら日本一美しいと言われた大映のスター女優だった志保さん。全然似てないようだけれど、ふたりとも率直で飾ったところがなくて、さっぱりと気持ちのいい女たちだ。どちらかといえば希林さんがツッコミで、志保さんはボケ役。ふたりと一緒だと私も楽しくて、幾度か一緒にごはんを食べたり、志保さんとは今も仲よくしてもらっている。

神戸の公演には私も泊まりがけで出かけた。希林さんと同じホテルで、朝食をふたりで食べた。大きな硝子窓のそばで、朝陽が海へと続く神戸の街を輝かせていた。阪神淡路大震災の前年のことだ。サンドイッチなど食べながら希林さんとどんな話をしたのかあまり覚えてはいないけれど、私がつよく感じたのは、このヒトは内田裕也さんのことがホントに好きなんだなァ、別居してても大好きなんだなァ、という驚きのようなしみじみとしたものだった。

以来、希林さんが亡くなるまで、仕事場や食事の席でお会いすることもあったし、電話でも話した。そのすべてのとき、希林さんは必ず裕也さんのことに触れた。「裕也が」「うちのヒトが」「内田さんが」と呼び方はいろいろだったけれど、必ず触れた。希林さんは「記憶にございません」と言うかもしれないが、私はとても印象深く覚えている。

神戸のときの余談。公演が休みの日、レンタカーを借りて、希林さんと志保さんと三人で神戸の街を遊ぶことにした。ドライバーは志保さん。なかなかにスポーティな運転である。気持ちのいい春風が窓から吹き込み、志保さんがあの澄んだ朗らかな声で言った。「殿方って、お金を運んできてくださるものよねぇ」。志保さんのご主人はたくさん稼げる立派な殿方で、私は「パパゴン」と呼ばせてもらっている。志保さんの発言を受けて、希林さんと私は同時に応えた。「そんなことはありません！」。

希林さんと志保さんが私のマンションに、ごはんを食べにきたときのこと。希林さん家《ち》と私のマンションは至近距離で、志保さんもタクシーでワンメーターの広尾に住んでいる。その日、山菜がいっぱい送られてくることがわかったので、おふたりに声をかけたのだ。志保さんはパパゴンが持たせてくれた高級ワインを、希林さんはかなり大きめな楕円の皿を二枚かかえてきた。「こんなお古のお皿で悪いんだけど」と言って。皿は、希林さんが行きつけのレストラン「小川軒」で貰った皿で、その二枚を手土産にしてくれたのだ。白地に紺色の元気な絵柄の皿で、使い勝手がよく、ずっと愛用している。

三人とも女っぽい噂話やグチには無縁のタイプだから、たわいもない愉快な話で盛りあがり、ケラケラアハハと笑いながら、私の作った山菜（カタクリ、コシアブラ、タラノメ、シドケ等々）の簡単料理をたくさん食べてくれた。ワインの酔いが少しまわり出したころ、希林さんが身悶えするように、振り絞るような声で発したひと言がなぜか忘れられない。「女優なんてものは、自分がイヤでイヤで、たまらない女がなるもんなのよ」。その言葉の真意を分析することはできないけれど、女優のいる家で生まれ育ち、幾人もの女優を身近に見てきた私にとって、なぜか心につよく届く言葉だった。

あのころの希林さんは、自分に対して「悶え」のようなものを抱いていたのかもしれない。この苛立ちのような、悶えが鎮まっていくのは、希林さんが癌という病を得て、死と向き合うようになれたからだと、希林さん自身がインタビューや文章でも書いている。時として「死」は、本当の「生」を炙り出してくれるのだと。私も約十年前、同じ病を得て、希林さんが全身癌を治療してもらっていたX線治療の名医と出会うことになるのだが。

まだ癌と出会っていない希林さんは、元々諍《いさか》いを好む性癖もおありだったらしい。裕也さんと新婚共同生活を送っていたころのこと。毎夜の如く、包丁を握っての闘いがあったらしい。そのたび電話をもらう久世さんは慌てて駆けつけた、と久世さんから聞いたことがある。怒声や暴力もとび交う熱気の渦の中で、久世さんは腕っぷしが弱そうだから仲裁はできないけれど、密かにその熱き闘いを愉しんでいたような気がする。

希林さんと、久世さんの不倫スキャンダル。

久世さんが「ムー一族」の出演者の若い女優と懇《ねんご》ろになって妊娠させたことを、希林さんが暴露。責任を取って久世さんがTBSを退社した事件は有名だ。以来、希林さんと久世さんは十数年に及ぶ絶交状態になる。その最中、私は久世ドラマの脚本を書き、TBSの緑山スタジオに出かけたときのこと。昼メシを食べようと久世さんに誘われて食堂へいくと、向こうのテーブルに希林さんがいた。久世さんがすかさず私に言った。「そこに立ってくれ。希林が見えないように、そこに立ってくれ」。ふたりの視線を遮る位置に立てというのだ。なんという子供みたいなことを言うオジさんだろう、と久世さんのことを観察した。

それから数年が経つうちに、久世さんの立ち上げた会社の経営がうまくいかなくなってしまった。バブル経済がはじけたころだ。会社更生法の適用を申請したんだよ、と久世さんから聞かされた。世の中が重苦しくなるにつれて、テレビは軽くて分かりやすいドラマやバラエティが目立つようになり、久世さんのやりたいドラマは企画が通しづらくなっていた。久世ドラマのファンでありスタッフでもある私も心配していたけれど、そんなある日突然、「おい、今度の脚本に希林の役を作ってくれ」と言われた。えッ？　なんで？　絶交してるんじゃないんですか？

仲直り、などではなく、希林さんが久世さんの会社の窮状を救ったらしい。希林さんは不動産が大好きで、勘もよくて、次々不動産を増やしておっ金持ちになっていた。だからといって希林さんは、自分の生活で世俗的な贅沢をするようなヒトではない。洋服でも着物でも家具でも、他者が要らなくなったものをいただいたり、拾ったものもあると、誇らしげに話していた。それらのモノに手を加え蘇らせるのを愉しんでいた。

久世さんの窮状を知った希林さんは、ふとずいぶんと重くなってしまった身代《しんだい》（財産）に思いを馳せた（これは私の想像です）。此処を救うのは面白いかもしれない。かつて大人のオモチャ箱であったテレビドラマの崩壊を食い止める、ささやかな一手になるかもしれない。どれくらいの救いの手を差しのべたのか、具体的には知らないけれど、久世さんの会社は持ち直した。そこからはもう、「希林に足を向けては寝られません！」と言うようになり、役がなくても希林さんの役を作らされた。希林さん主役の企画も相談された。

希林さんは、旧同朋への投資を損得ぬきで愉しんだと思う。それがへっちゃらで出来たのは、久世さんを憎からず思っていたからだと、私は密かに思っている。男女のことなど関係なく、久世さんは希林さんの好みのタイプ（の、一例）だもの。これは私の価値観での発言になるけれど、希林さんは男の趣味がいい。最初の旦那さんだった俳優の岸田森《きしだしん》さんも、次の旦那さんの内田裕也さんも、久世さんも（他にも好みの男はいたかもしれないが）、どなたも才能とセンスがあって、スラリとして、様子もかなりいい。なによりいいのは狂気との距離感。彼等自身に狂気があるというより、狂気を持つ女と向き合った時、怖《お》じけず逃げずに狂気を受けとり、一緒になって狂気のダンスを踊ってくれそうじゃないか。自分の裡の狂気がイヤで、でも捨てられずに悶えるような女にとっては最上の相棒（共犯者）だと思う。

希林さんと加藤治子さん。

このふたりが揃ったら、面白くないわけがない。ふたりが一緒のとき、そばにいたことも何度かあるし、各々から聞いたエピソードもいっぱいある。とても書ききれないくらい。数十年前、ふたりっきりで行ったというニューヨーク珍道中のエピソードなど笑い転げてしまったけれど、もう少し地味なエピソードをひとつ。

治子さんが二人目の旦那様とうまくいかなくなったころ、年下の旦那様が若い女の方へいってしまったのだ。希林さんはそんな治子さんを慰めようとお酒に誘った。若い女は赤坂のあたりで小さなスナックを経営している。ふたりでだいぶ飲んで酔いがまわったころ、希林さんが治子さんをそそのかして、そのスナックに行くことになった。店の前までやってきたものの、治子さんは入ることができない。店の前の路地に、店名を書いた置き型のネオンがあった。希林さんから「やっちまえ」とけしかけられたと、治子さんから聞いたことがある。治子さんは「うん」と頷き、「コンチキショー」と少女のような声を上げながらネオンの店名めがけて蹴っとばそうと片足を突き出した。でも小さな治子さんの足はネオンまで届かず、空振りして、路上でひっくり返ってしまった。それを見た希林さんがゲラゲラ笑い出した。治子さんとしては泣き出したかったのに、あっけらかんと笑う希林さんにつられて、つい笑い出してしまった。希林さんは治子さんの小さな体を抱き起こすと、バカみたいにゲラゲラ笑いながら、ふたりで夜の小路をフラフラ歩いたのよ、と治子さんが話してくれた。

治子さんは希林さんより二十歳以上もお姉さんなのに、希林さんの方がお姉さんで、治子さんが妹みたいで。私はこのエピソードが大好きなのだ。

希林さんと癌。

八〇年代から九〇年代。希林さんはテレビドラマや映画にも出ていたけれど、CMでの活躍の方が目立っていた。希林さんのアイディアが活かされるCMも多くて、そのころ「役者の仕事なんてイヤよ。ワリがわるいんだもの。時間ばっかりかかって、ギャラは高くないし。コマーシャルの方がずっとワリがいいのよ」と、聞いたことがある。面白いCMを次々ヒットさせながら、大好きな不動産を増やしていても、希林さんの裡には、「悶え」のようなものがあったように思う。怒りや寂寥や捨てきれない狂気を抱えながら、外側では面白くてシャープな自分を見せながら、長くて暗いトンネルにいたのかもしれない。戻ることも留まることも逃げ出すこともできずトンネルを這ううちに、ようやく向こうに、光の気配が感じられた。その光の気配の方へすすむと、「癌」という病が、光に包まれた菩薩様のようにおわしたのだ。

希林さんは、癌を得たことで、こんな自分でも少しずつ変わることができた、と話してくれた。生身の「死」を突きつけられて、本当の、希林さんらしい「生」が希林さんのなかに生まれていったのかもしれない。

私は自分の癌を知ったころ、ある女からこんな話を聞いた。彼女は恋人を癌で亡くしているのに、「癌で死ねるのって、幸せなことかもしれないわよ。だって、余命がわかるんだもの。それまでの生き方を自分で選べるんだもの」。

癌を得てから間もなく、希林さんは若い同朋となる是枝裕和監督と出会う。「役者の仕事なんてイヤよ。ワリがわるいんだもの」と言っていた希林さんが、立て続けに映画の仕事を始めた。ワキ役が好きと言って、軽やかにCMの仕事もこなしていた希林さんが、主役として映画を支えるようになっていく。

希林さんの癌は再発性で、いろんな部位へとび、その度、鹿児島にいる先生のX線治療を受けて癌を叩いていった。でも、数年が過ぎたとき——希林さんは自分の意志で治療を止める決断をした。余命を、自然なままに受けとることに決めたのだ。先生から告げられた余命の期間よりほんの少しだけ早く希林さんは逝った。命のギリギリまで、仕事をしていた。

希林さんはいろんな意味で強かったし、鋭かったし、深く優しくもあったし、ちゃっかりもしていたし、ヘンテコリンな人間という生きものの面白さを私たちに伝えて、楽しませてくれた。学ばせてもくれた。最後には「死」との付き合い方まで、自分の身体をもって示してくれた。

そんな希林さんを思い出すとき、親しいというほどの滑らかな付き合いではなかったけれど、いちばん凄いなァと感じるのは内田裕也さんのことだ。ひとりの男を好いて、好きぬくのはたやすいことではない。その愛に溺れるのではなく、闘いながら、愛を手放さない。みっともないときや他人には言えないようなことだってあったかもしれない。それでも希林さんは、大好きな家を調《ととの》えて、そこに住む家族たちを育てていったように思う。裕也さんとは別々に生きていても、お正月や大切なけじめの時には記念写真を撮り、家族を「聖家族」としてメーキングしていった。自分のことを「イヤでイヤでたまらない女」から、「死」に値する女へとメーキングしていった。無駄でつまらない付属物をひとつひとつ捨てて。本当に大切なひとやものやことのためにボロボロの体で献身していた。

そんな希林さんになれたのは、裕也さんへの思いをやりぬいたからだと思う。私にはそんな希林さんが、とても愛しい女に思えるのだ。

希林さんがかつて口にしたという言葉が、是枝監督との対談で明かされている。すごく好きな言葉なので、ここにも書かせてもらいます。

「生まれ変わっても、もう一度内田さんと結婚しますか？」

「もう出会いたくない。出会ったらまた好きになるから」

希林さんともう一度会えて、一緒に食事ができるとしたら、何を食べるかなァ。「庭を持たない女たち」が終わったころ、希林さんから訊かれたことがある。「あなた、玄米食なの？」「いつもじゃありません、ときどき」「どうやって食べるの？」。とても真剣に訊かれたので、母がかつて朝食用に作ってくれた「玄米の味噌雑炊」のレシピを伝えた。圧力鍋で炊いた玄米を水でやわらかくして、そこに椎茸（生でも干しでも）を入れて煮て、最後に茹でたホウレン草も入れ、好きな味噌で味をととのえる。好みで玉子でとじてもいい。「ふーん、おいしそうじゃない」と言ってらしたけど、作ったのかな。

也哉子さんが生まれてからは食を大事にして、玄米を主食にしてらしたようだ。希林さんと一緒に食べるのなら、この玄米の味噌雑炊にしよう。希林さんはきっと、自分で作った糠漬けをタッパーに入れて持参するだろう。何処かで外食をするときにも持ち歩いていたらしい。私も糠漬けを作っているから、それも並べてみよう。

糠漬けの味はふたつと同じものがない。漬けた人の数だけ個性がある。右へならえ的な没個性が好きではなかった希林さんだから、ふたつの風味の糠漬けをたのしんでくれただろう。そしてまた、さりげなく裕也さんのことに触れるかもしれない。

野上龍雄さんと「アルコール飲料」

野上さんは私にとって、(心の)師匠である。でも野上さんは「師匠」とか「センセイ」と呼ばれたりするのが大っ嫌い。彼の弟子になりたい人や弟子気取りの幾人かはいたけれど、野上さんはそれを知るたび、ブルッとあの小さめの体を震わせて拒絶した。そんな野上さんと知り合って間もないころ、いきなり、「と、と、ともみ。ボ、ボ、ボクのこと、オタツって、呼んでも、い、い、いいぞ」と言われた。ギョッとした私は即答で「気持ちわるい!」と返した。野上さんはぶ厚いメガネの奥のやさしい眼を細め、小さなスキッ歯をみせてニーッと嬉しそうに笑った。

なぜ「と、と、ともみ」とか「ボ、ボ、ボク」なのかといえば、野上さんはかなりの吃音だった。まず「おぇ、おぇ、おぇ……」から始まって、会話になるまで時間もかかった。でもそんなことは些細なことで、野上さんとは数え切れないくらい沢山のオモシロエピソードやおいしい思い出がある。それらの幾つかを書こうと思って、ふとウィキペディアを覗いてみたら、野上さんのことが記されていた。その文章の冒頭を書き出してみる。「野上龍雄は脚本家。一九二八年(昭和三年)東京府生まれ。父親は最高裁判事。野上は妾腹の芸者の子で、吃音で背も低かった」。なんとまぁ、ハッキリと。身も蓋もないくらい正確な情報だ。

でも、この文章を書いたのは、野上さんのことが大好きな誰かだったと思う。辛辣そうにみえてユーモアもあり、野上さんへの愛が感じられるから。

もしかしたら私というモノ書きの土台（そんなものが私にあったらの話だが）は、野上さんによってずいぶんと作られたのかもしれない。

初めて会ったのは京都だった。その日、私は「必殺仕事人」の脚本を書くために京都へ出かけた。初めての時代劇、というより、テレビドラマをまだほとんど書いたことのない駆け出しだ。関西弁のプロデューサー氏と初めて会って、脚本家が泊まる（カンヅメにされる）ビジネスホテルへ連れていかれた。ちょうどそのとき、ロビーを通りかかったのが野上さんだった。プロデューサー氏から簡単に紹介された。野上さんは「必殺」シリーズのメイン脚本家だと知っていたから、挨拶しなくちゃと緊張したのに、野上さんは片手を軽く上げただけで、やや内股歩きの短めの足でトトトトと通り過ぎてエレベーターに乗ってしまった。その後から、若めの女のひとが一緒にエレベーターへと消えていった。はてな？

割り当てられた部屋で本など読んでいたら、ベッドサイドの電話が鳴った。受話器を取ると、聞きなれない男の声が「おぇ、おぇ、おぇ、おぇ……」と苦しそうに喘いでいる。びっくりして固まっていると「の、野上だ！」と聞こえた。そうだ、プロデューサー氏からさりげなく吃音のことを聞かされていたんだ。すぐに対応した。「ハイ。野上さん」「ば、ば、晩メシ、食ったか」「いいえ、まだです」「ロビー！」。私は大急ぎでロビーへ向かった。ロビーにいくと、着替えをしてこざっぱりした野上さんが待っていた。私の姿を見るなり、トトトトと足早に玄関のドアを出てタクシーに手を上げている。すぐにタクシーが止まった。うーん、なかなかすばしっこいオヤジだな、と感心したのを覚えている。

連れていかれたのは祇園花見小路あたりの、やや古めかしいスナックだった。店の女のひともやや古めかしくて静かな店。野上さんと私は奥のコーナー席のソファに座った。対面席じゃなくてホッとした。改めてちゃんと挨拶しようとしたら、すでに「おぇ、おぇ、おぇ」が始まっている。今度のは長い。次に私がしたことは、なぜそんなことをしたのか自分でもわからないのだが、そっと片手を伸ばすと、少し離れて座っている野上さんの背中をポンと叩いてしまった。ポロリと言葉が出た。「食いもん、なんにする」。背中を叩くとポロリと言葉が出る。この法則を学んだお陰で、それ以降の会話は少しだけスムースに進んだ。

初めてなのに、いろんなことを話した。野上さんも私も会話のセンテンスが短いので、いろんなことを話せたのかもしれない。言葉のリズムが似ていたのだ。その原因が、ふたりとも代々の江戸っ子であるからと判った。似ていたのは言葉だけではなく、何かが似ていると感じた。大先輩を相手に生意気かもしれないが、「嫌い」とか「イヤ」なもの（こと）が似ていた。「好き」なものは別々だったけれど。

食べものが運ばれてきた。野上さんも私も好き嫌いが無いこともわかった。強いていえば不味いものが嫌い。その夜の小鉢料理では、小さめの飛竜頭（がんもどきの関西での呼び名）を炊いたのが美味しかったのを記憶している。そしてアルコール飲料をいっぱい飲んだ。最初に「さ、酒、飲めるのか」と訊かれたので、正直に「たぶん、強いかと」。野上さんは嬉しそうにウィスキーを飲み、私は……ここはよく覚えていないのだが、ウィスキーと焼酎が嫌いだから他のものをお願いしたと思う。アルコール飲料の好みだけは似ていなかった。

かなり酔って、トトトの足取りがトト、ヨロ、トト、ヨロ、になった野上さんが一軒で済むわけがなく、たしかあと二軒ハシゴをした。こうしてたったひと晩で、それから三十年以上つづくことになる野上さんとの逢瀬のひな形ができあがった。私が京都を去ってからも、一年に一度くらいは電話をくれて「旨いもん、食おう」と誘われた。毎回たくさん食べて飲んで、野上さんは例外なく酔いどれた。その暖かな時間のなかで、たくさんの面白い話やためになる話や心に沁みる話をしてくれた。あんまりたくさんありすぎて、オモシロエピソードをファイリングしてみようかと思う。その前に、知り合ってじきに言われた、その後の私を決定づける二つのことを書いてみる。

その一。「他人から奢《おご》られるな。相手が映画会社でもTV局でも、そんなことで借りをつくるな。金が無いときは食うな。飲むな」。本当にその通りだと思った。以来、私はどんな相手でも他人様に奢られたことはほとんどない。一軒目のめし屋をご馳走になったら、二軒目からの飲み屋はみんなの分も自分が払う。払えないなら飲むな。野上さんによって仕込まれた気持ちのよい習慣だ。

その二。野上さんはヘナチョコ新人であった私の脚本を読んで言ってくれた。「お前さんは眼高手低だからダメなんだ。脚本家は職人だ。眼低手高にならないと喰っていけないぞ」。その通りだと思ったけれど、私は言った。「上手になれなくてもいい。技術よりももっと大事なことがあると思うから。眼高手低のままいきます」。現在に至るまで、ヨロヨロしながらもそれを実践しているつもりだ。

野上さんのオモシロエピソード集

○母親と三味線、転がったチキンソテーのことなど

ウィキペディアに書かれていた「最高裁判事の妾の芸者」が野上さんのお母さん。新橋の売れっ子芸妓だった。ちなみに野上さんの容姿風貌は父親似だったらしい。後頭部があの正岡子規みたいに丸く出っぱっていて、子供のころの渾名が「P」だった。野上さんは、お母さんのことを話すときはすっごく嬉しそうで誇りを持っていて、会ったことのない私までお母さんを好きになってしまった。

お母さんの自慢は「アチキ（ワタシ、のこと。江戸の廓言葉の名残り）はひと晩だってお父さんを泊めたことはない」。新橋芸者の意気地だ。そんなお母さんに、初めてプレゼントを渡したときの話。野上さんはまだ新人で、京都で脚本を書くことが決まり、初めて新幹線に乗った。嬉しくて食堂車に行った。吃音だからメニューを指さして、骨付き（だったと思う）チキンソテーとビールの小瓶をオーダーした。いつもなら手でつかんだり箸を使うが、ここは気取ってナイフとフォークにした。列車が揺れた。食べようとしたチキンがフォークを離れて床に転がった。慌ててフォークで取ろうとしたがうまくいかない。ウェイトレスがやってくるが、吃って慌てて言葉が出ない。チキンは取れない。「冷や汗、かいた」と話してくれたが、聞いていた私まで冷や汗が出てきた。

その時の脚本で初めての原稿料をもらった野上さんは、親孝行がしたくなって、ギャラの

全部を注ぎ込んで三味線を買った。喜んでくれる筈のお母さんに言われた。「アチキの三味はアスビ（遊び）じゃないよ」。お母さんは照れたんだと思う。

お母さんと野上さんの奥さんは、最初のうちは仲よくできなかったらしい。野上さんはお母さんに頼んだ。「オフクロ。ヨメさんと、ひとつの蒲団で、寝てくれ」。なんて野上さんらしいプリミティブな提案だろう。お母さんは野上さんの願いを受け取り、奥さんと同じ蒲団に寝てくれたという。なんていいお母さんといい奥さん。それなのに、野上さんたら……。

○野上さんとふたりの女
野上さんには、私が知り合ったころから亡くなるまで、ふたりの大切な女がいた。奥さんとHちゃん。野上さんと初めて出会ったロビーで見かけた若めの女のひとだ。

Hちゃんのことは、数え切れないくらい何べんも聞かされた。運命的な出会いがあったらしく（これについては書けないが）、その夜から始まったふたりの平坦ではないけれど、幸福に充ちたオノロケ話を。そのHちゃんが私と同じ年であることが、私への親近感の一因にもなったようだ。ロビーでいっぺん見かけただけだが、地味な感じの、たぶん野上さんより体軀のしっかりしたひとだった。その彼女とふたりで出かけた「桜前線を追いかける旅」が忘れられないらしく、時間をかけてかなり詳しく何回も聞かされた。三回目か四回目のとき、「その話、覚えちゃってます」と言ってしまった。野上さんは残念そうに口をつぐんでくれた。Hちゃんが京都近くに住んでいたので、野上さんは京都の仕事ばっかりしていた。「必殺」シリーズや「鬼平犯科帳」や。

奥さんとは池袋のご自宅でお会いしたことがある。すっごく明るくて元気そうな素敵な方だ。野上さんが東大生のとき、高校生だった彼女の家庭教師をしていて、結ばれたらしい。やっぱりオヤジ、昔からすばしっこいとこがあったのかもしれない。野上家に電話をかけるといつも奥さんが出て、ちょっとお喋りしてから、秋空のように澄んだ声で「タツオさーん！　ともみさんよー！」と呼んでくれる。野上さんは二階にある書斎からトトトと階段を降りてきて（これは私の想像）、やがて「おぇ、おぇ、おぇ」が近づいてきた。

お母さんとひとつ蒲団に入って、野上さんのためにも仲よくして、野上さん好みの勢いのある中華料理を作って。Hちゃんのことは勿論知っていらした。それでも秋空のように澄んだ声で「タツオさーん」と呼んでいた。私から見ても、タツオさんが大好きなのだ。野上さんの主義信念として子供は作らなかったから、奥さんには野上さんが世界の丸ごとだったのかもしれない。野上さんが八年前に亡くなると、それからじき、奥さんも亡くなった。

○酒席

野上さんと逢瀬をして、飲まなかったことは一度もない。おいしいごはんを食べ（その間も飲んでいるが）、あと二、三軒。野上さんは酔いだすと、鼻汁と涎を大量に発生させる。ズルズルのダラダラ。野上さんと飲んだひとは全員が体験している筈だ。ハンカチとポケットティッシュでは全く足りなくて、店からボックスティッシュをもらって渡した。吃音も追い風になって、言葉が詰まるほどズルズルのダラダラになる。使用してビチャビチャになったティッシュは、お行儀がいいからなのか、全部上着のポケットに押し込む。私が決まり文句で「そんなに飲むな」「酒はもっと薄く！」などと言っても悪戯っ子みたいにニーッと笑ってグラスを離さない。尿意をもよおすと、トトトと早足でトイレに行き、アッという間に戻ってきて「ボ、ボクの酒に、水、入れたでしょ」。「勿論」と言って、さらに氷と水を入れてあげた。

そんなズルズルダラダラでも、会話はだらしなくならないのが野上さんの特技。「おい、ともみ。シナリオについて語ろう」みたいなことを言うから「イヤよ。シナリオは書くもので、語り合いたくなんかない」「なんで、お前さんは仲間うちで付き合わないんだ?」「なんで、みんなは付き合うの?」「(少し考えて)情報だ。お互い何をしているのか、何考えているのかわかる」「べつにそういうの知らなくてもいいですから」。野上さんは「まあな」と呟くと、それ以来、脚本について語ろうなどと言い出すことは一度もなかった。その代わり、たわいもないヨタ話をいっぱい、センテンス短めで話してくれた。

脚本についてひとつだけアドバイスをもらった。「まず、ファーストシーンを書いてみろ。あとでシナリオに使わなくたっていいから、主人公のシーンを書いてみろ。メシを食ってても、女(男)とやってるシーンでも、泣いても暴れてもいい。そいつを書くと、主人公がつかめる」。深く心にとめた。

私と会う日にはちょっとだけお洒落をしてきてくれた。奥さんに言われるらしい。「ちゃんとして行きなさい」って。たいていは奥さん手製のシャツ姿だった。食べる店は私が決めて、お会計になると必ず財布を丸ごと私に押しつけた。今夜はこれでやってくれ。他者から奢られることを戒めてくれた野上さんにだけは、心おきなくご馳走になった。

そんな野上さんは私の経済力をすごく心配してくれて、ハッキリいえば一人前になるなんてこれっぽっちも思っていなかった。体が丈夫じゃないのを知っていたし（そのくせ飲んべえ）、私以上に弱い母親を抱えていることも。金に困ることができたら、ボクに言え。とても嬉しかったけど「野上さん、貯金なんてあるの？」と訊いたら「バ、バカッタレ。マル優ぐらいある！」と宣うた。八〇年代の話とはいえ、マル優の限度額は三百万円。ふたりの女がいて、そんな野上さんに言えるか。なんとか言わずに過ごしてきた。

私のことで心配してくれた野上さんがもうひとつ気にかけてくれたこと。私の名前だ。「筒井ともみ、なんてのは、何を書いたって『たのしい幼稚園』にしか思われないぞ」。そりゃあ「野上龍雄」に比べたら、ネ。

こうして野上さんには三十年以上も可愛がってもらった。私もやがて少しずつ自分らしい脚本を書けるようになっても、野上さんは心配し続けてくれた。野上さんという（心の）師匠と出会えたことは本当に幸福だった。

もう十年よりだいぶ前になるが、いつものようにお誘いの電話をもらった。私の好きな店の中華料理をたらふく食べ、二軒目で、かつて脚本家だった友人の桃井章さん（桃井かおりさんのお兄ちゃん）が広尾でやっていたバー「コレド」へ行った。いつもの通り、いーっぱい飲み、ようやく帰れそうになり、私が預かった財布で会計を済ませて外へ出ると、野上さんが道端で仰向けになってひっくり返っている。びっくりして駆け寄ると、路傍に並べられたブロックにP形の後頭部をぶつけたらしく、血が流れている。叫び声を上げて店に戻り、桃井さんにも来てもらった。酔っているから出血も多いが、意識ははっきりしていて「おぇ、おぇ、おぇ……」と言っている。救急車を手配したが、不幸中の幸いで、その時の店内に、近くの日赤病院の医者が客として来ていた。その医者に付き添われて、日赤病院へ運んだ。奥さんにも電話して、すぐ来てもらった。

それが二人で飲む逢瀬の最後になってしまった。奥さんにこっぴどく叱られて禁酒令を出されたが、守っていたのも長くはなく、「また、飲んでる。ナメルくらいに」と、嬉しそうに電話ごしに聞いた。水泳も再開しようかと思っていると。へーえ、水泳なんかして、自分の体のことも考えていたんだ、と感心した。お誘いの電話はなくなったけれど、次は我が家で私が料理を作り、共通の友人である中島丈博さんも呼んで騒ごう！と約束していたのに。

野上さんと会うと私はいつも、「滝に打たれたような」感慨を持った。たぶん、野上さんの裡にある、澄み切った水のような緊張感に打たれたのだ。

そんな野上さんが、自分で書いた科白の中で一番好きだと言ってらしたのは、「緋牡丹博徒 一宿一飯」のヒロインお竜さん（藤純子）の科白。「体に墨ば入れても、心に墨ば入れま、しぇん」。

野上さんともういちど会えたなら、絶対、飲むことになるだろう。年を重ねるごとに、野上さんは焼酎を飲むようになり、私はワインより日本酒になっていった。野上さんはあの世から舞い戻ってきても、へベレケのズルズルのダラダラかもしれない。でも、もう天使になって転ぶ心配もないから、グラスの酒を薄めたりせず、気の済むまで飲ませてあげてもいいかな。そして、お母さんも奥さんもいるにちがいないあの世での、オモシロエピソードのつづきを聞かせてほしい。

森田芳光さんと「桃の冷製パスタ」

森田芳光監督のことを例えるとしたら、私にとっては「桃」だ。いい匂いの、うっすらと産毛をまとった初々しい水蜜桃。あるいは、どこからともなく川の流れにのってドンブラコとやってきた桃太郎の桃。

なぜ森田さんを桃みたいと感じたのか。自分が感受した森田さんとの付き合いを辿って考えてみようと思う。

森田さんとの初めての接触は、深夜の電話だった。その回線をつないでくれたキューピッドは松田優作。一九八五年の二月。氷雨が降る寒い夜更け、いきなり優作さんから電話をもらった。びっくりした。このあとのいきさつについては、この連載エッセイの「松田優作さん」で触れているが、深夜のレストラン・バーで優作さんと会って席に着くなり「仕事の話だ。モノは漱石の『それから』。森田が撮って、俺が出る」。単刀直入、そう言われた。でも私としてはすでに抱えているスケジュールや、映画の脚本をちゃんと書いたこともないから迷っていたら、優作さんが「映画だからって肩肘はらないでさ、ポップにいこうよポップに」とか言ってニヤリと笑うから、思わず「うん」と頷いてしまった。

優作さんはすぐに席を立って店の電話をかけに行き、何か喋ると、大きな片手で受話器を持ち、もう一方の大きな手で「こっちへ来い」という仕草をした。その受話器を受け取り「ツッイです」と挨拶するなり、「バンザーイ！」と森田さんの声が私の耳にとびこんできた。そこからいきなりスケジュールの交渉になった。「ツッイさん。一週間！」。えッ。私は初めてちゃんと映画脚本を書くんだよ。せめて「三週間」と、それだってキツイ〆切を口走ってしまったが、森田さんは「二週間！」「無理です！」「ダメ。ギリギリなんだ。二週間！」。私は負けて、〆切は二週間後になってしまった。

そこから、森田さんとの付き合いが始まった。「それから」「失楽園」「阿修羅のごとく」「海猫」。監督と脚本家として、四本もの映画で組むことが出来たことを、本当に幸福だったと思っている。だって、森田監督って、才能があるんだもの。桃からおいしい汁が滴るように、ジューシーな監督なんだもの。

その数年前、森田さんにとってメジャーデビュー作である「の・ようなもの」を観たとき、「あー、風が吹いてる。新しい風が吹いてる！」と感じた。とりたての上手とか、強い個性とかではなくて、でも、この映画にしかないリズム（流れ）のようなものが躍動していて、清新な風が吹きぬけていた。そんなことを感じさせる監督は、その後にも先にも、森田さんだけだ。

夜更けの電話のあと、初めて実物の森田さんと会ったのは、鳥居坂にあるプロデューサーの事務所だった。プロデューサーや東映の人たちが数人集まっていて、みんな大きな声で好き勝手なことを言っている。ものすごくギリギリのスケジュールのなかで、「家族ゲーム」以来の「モリタ・ユーサク」のゴールデンコンビの映画作りが始まろうとしていて、みんな不安でもあり、興奮しているのだ。

そんなざわめきのなかで初めて会った森田さんは、坊ちゃん刈りのヘアで、「このヒト、なんだか湯あがりみたい」と感じたのを覚えている。桃の気配を感じた最初だったかもしれない。その森田さんがそばにやってきて、ささやくような声で言った。「明治は新しい。それがボクのコンセプトです」。注文は本当にそれだけだった。そして私は、なぜだかとても納得してしまった。

ここから、二週間ポッキリしか時間をもらえない脚本作りが始まった。さらなる困難として、脚本を書く前に、「ハコ書き」が欲しいとプロデューサーたちに言われてしまった。ハコ書きというのは、映画全体の流れがわかる、シーンごとを箇条書きにしたものらしい。私はそんなものを書いたことがない。要求されたこともない。テレビドラマの世界では不要だった。だから書き方もわからない。でも、欲しいと言う。追いつめられて、私は私なりのハコ書きを作ってみることにした。

まず四百字詰め原稿用紙と同じくらいのサイズの画用紙をみつけて、それに定規（持っていなかったので、買った）で線を引き、三十か四十くらいの格子柄を作った。その格子をシーンに見立てて、場所と、そのシーンでいちばん大切なこと、例えば科白のひとことだったり、匂いだったり、窓硝子を伝う雨のしずくだったり、ある行為だったり、百合の花びらだったり。それを十二色のクレパスを使って書いてみた。それを見て、生まれてくる映画がぼんやりと感じられればいいのだ。みんな感じてくれたらしく、その画用紙一枚こっきりの「ハコ書き」は、森田さんやみんなを喜ばせることができた。ホッとしたのも束の間、脚本書きに突入した。

書くあいだじゅうずっと、ダビッド・オイストラフが演奏するチャイコフスキーのバイオリンコンチェルトと、エリック・サティがピアノを弾く「ジムノペディ」を聴きまくり、Bの鉛筆を握りしめて書きつづけた。

約束の二週間より一日だけ早い、十三日目の早朝に書き終わった。書き終えたとき、喉に力を入れて書くのが癖の私の喉は、豚の脂身のように白く腫れあがっていた。

その出来立てホヤホヤの脚本を持って、森田さんと、近くのこまばエミナースというホテルみたいな部屋（和室）で会った。奥さんの三沢さん（やがて森田作品のプロデューサーになっていく、モリタ支援隊隊長）も一緒。森田さんは、四角い塗りのお膳の上に原稿をのせると、まるで棟方志功《むなかたしこう》のように原稿に顔を近付けて食い入るように読んでくれた。その力《りき》のこもった姿がすごく嬉しかったのを覚えている。

気に入ってくれたらしい。森田さんはやや上気した桃みたいな顔で「うん」と大きく頷き、やわらかな表情になった。私も詰めていた息を解放させることができた。

そのあと三人で、駒場から近い下北沢の「小笹寿し」に出かけた。森田さんをまん中にしてカウンターに並び、各々で注文した。その森田さんの注文が、私とはまったく違うのが新鮮だった。彼はお酒が飲めないから、いきなり海老（茹で）と鯛を握りで、玉子焼きとタコブツを塩で食べ始めた。出会ったことのないタイプだ。びっくりしながらも私は、いつもの如く小肌、マコ（鰈）、イカのエンペラをつまみで、お酒もいただいた。

印刷台本が出来上がり、森田さんとふたりで、大きな三角定規（森田所持品）で、脚本のある部分だけを直した。主人公代助の父親役で笠智衆さんが出てくれることになっていたのだが、笠さんが病上がりのため、科白のひと言でも小さな動作のひとつでも、出来るだけ少なくしてほしいと笠さんのマネージャーから頼まれたのだ。そのお陰で、代助と父親の睨めっこのような味のあるシーンが誕生した。

お陰のシーンは他にもある。漱石の原作にもある路面電車のシーン。スタッフが日本中の路面電車をリサーチしたのだが、ふさわしい路面電車が見つからない。森田さんはリアルから離れて、イリュージョンのような不思議な路面電車のシーンを作ることにした。松田優作演じる代助が電車に揺られながら体験する、心象風景のような、誰も見たことがないシーン。この心象こそが、代助という男の魂のコアを作ったとさえ私は思っている。富国強兵・西洋化へと突き進む時代（国家）に、背かざるをえない代助の孤独と秘そやかな矜持。

映画「それから」は、刺激的でクラシカルで美しい作品に仕上がった。森田さんにとって、これが五作目のメジャー作品とは思えないくらいの完成度であり、ギリギリのスケジュールをこぼすことなく撮り終えたのもえらい。

森田さんはそのあとも、スケジュールをこぼすことがない監督だと三沢さんから聞いた。とにかく天気についている。ザーザー降りの雨天でも、撮影開始の時刻が近付くと雨が止み、晴天になることが度々だったと。そんなエピソードを聞くにつれて、私のなかでは森田さんがますます桃太郎伝説の桃太郎くんのように思えてきた。

「家族ゲーム」「それから」のモリタ・ユーサクコンビは、次にどこへワープするのか。当人たちも、映画を愛する誰もがワクワクしていたのに、優作は突然のように逝ってしまった。森田さんはどんなに淋しく、口惜しかったことだろう。


映画「失楽園」のこと。実は森田さんが監督を引き受けるより前に、私は脚本を書かないかと、角川歴彦・原正人プロデューサーから言われた。新聞連載が話題になっていることは知っていたが、読んだことがなかった。そこまでの連載を読んでみたが、私には向かないと判断して、お断わりした。それから半年後、森田さん（三沢さん）から連絡が入って、『失楽園』の脚本について頼みたいことがある」と。えーッ、森田さんが監督を引き受けたの?! とても意外だった。男の脚本家の方とすすめていたらしいが、迷路に入ってしまったらしい。とにかく会うことを約束した。

その夜は激しい夏の嵐で、稲妻が光り雷鳴が轟く大雨の中を走り、うちの近所にある「ラ・ボエム」へ向った。びしょ濡れで到着すると、すでに森田さんと三沢さんが待っていて、せわしなく会話が始まった。私はまだ「書く」とは返答していないのに、「書く」ことありきで話はすすんでいく。森田さんが言った。「ねぇ、ツツイさん。女って、三十八歳（ヒロインの年齢）にもなると、キレイなまま死にたいって思うよね?」。三沢さんと私が同時に応えた。「思わない!」。そこからもう、仲間になってしまった。

渡辺淳一さんの大評判新聞連載はまだ終っていなくて（その三ヶ月後の十月まで続いた）、

でも脚本はすぐに書いてほしいと乱暴な注文だ。私にとって映画界の父のような原正人プロデューサーが体調を崩し、病院のベッドで酸素吸入器の管をくわえて「トモミ、たのむよ」と弱々しい声で言われてしまい、書くことになった。

ラストがどうなるのかだけ、アシスタントプロデューサーから渡辺さんに訊いてもらって（セックスで体を繋げたまま心中をする。それが可能なクスリがあると）、あとの大まかなストーリーはそこまでの原作に沿い、でもヒロインのキャラクターだけは私らしい女にさせてもらった。本然的なセックスを体験することで、本当のことを見きわめる「視線」を獲得する女に。そんな視線を持った女は、この社会では疎まれて、魔女狩りにあう。そのことを受け入れた女は愛する男と心中することで、時代（社会）に背いていく。そんな観念的コンセプトで脚本を書き、森田さんはその脚本を甘やかに、深く、演出した。

「それから」のスケジュールと同じくらいのタイトな〆切で脚本を書いた。印刷台本ができあがり、森田さんの事務所で、原さんも交えて打ち合わせをした。森田さんからの直しは細かいことがあっただけで、基本的にはＯＫだった。原さんも。

そんな森田さんから提案があった。「この脚本の最初と最後に、轟々《ごうごう》と流れる滝の映像を入れたい」と。私はそのひと言で、森田さんがこの作品にこめる何かを受け止めた。原初の闇から生まれ、また、原初の闇へと還《かえ》っていく。男女の情愛をもっと深く、根源的に描こうとしているのだ。これで森田さんの「失楽園」になるかもしれない。そばにいた大プロデューサーの原さんが「僕にはさっぱりわからん。あとはふたりでやってくれ」と笑って帰っていかれた。でも本当に、滝を入れることで、「失楽園」は森田ワールドに、くり返される性愛のシーンは聖画《イコン》のようになった。
この映画は大ヒットした。森田さんの映画は質が評価されても、大ヒットとはあまり縁がない。森田さん自身、「ボクはたくさんの人たちに大きく喜んでもらうのもいいけれど、少ない人たちに小さく喜んでもらう映画が好きだ」、というようなことを言っている。すごく森田さんらしい。「失楽園」が大ヒットしても、森田さんはちっとも変わらなかった。すぐに偉そうになったり、カッコつけたがる人たちもいるが、森田さんはジューシーな桃太郎のままだった。賛美されても自惚れないし、貶《けな》されてもめげない。そんなことより、今の世の中に足りないものは何かな？　みんなを楽しくさせるものは何だろう？　そんなことを考えている方がずっとイキイキできるから。

そんな森田さんとはふたりで食事をしたことも、お茶をしながらお喋りをしたこともない。一度だけ、神田古書店街の近くにある喫茶店で会ったことがある。三沢さんも一緒だった。森田さんはたしか珈琲ではなく紅茶を飲み、それから古書店街へ行った。ラルティーグの写真集を探して、森田さんはそこに映っている遊園地の回転飛行機みたいな乗り物が気に入って、インスパイアされて、映画「阿修羅のごとく」のトップシーンが生まれた。遊園地で、年老いた男と若い女が回転飛行機のような乗り物を見上げている。飛行機には女の幼い息子が乗っていて、男は慈愛と寂寥をこめた眼差しで見上げている。そこからタイトルになり、ブリジット・フォンテーヌの前衛的なジャズ・シャンソン「ラジオのように」（音楽だけ。歌入りはエンディングテーマ）が流れてきて——。

私には別の意味も含めて、その曲が懐しかった。初めてテレビドラマを書いた新人のころ、NHKの銀河テレビ小説で漫画「まんだら屋の良太」が原作の連続ドラマを書いた。杉本哲太（この時が主演デビュー）扮する炭鉱町の悪ガキたちが踊るタイトルバックに、「ラジオのように」を流してもらったのだ。

森田さんとは趣味が全然ちがうのに（森田さんの好物は競馬・麻雀・パチンコ・ボーリング・カラオケ。私はどれも苦手）、そこはかとなく共有できる何かがあった。年齢が近いし（彼は私より一歳半下）、どちらもひとりっ子で代々の東京っ子。森田さんは渋谷の円山町の料亭で育ち、勉強部屋の窓からはソープランドの窓が見えた。母は忙しく料亭を切りもりしていて、森田さんは料亭の入り口近くで長煙管を吸ったり花札博打をしている祖母に可愛がられ、日曜日ごとに祖母につれられて馬券を買いに行き、祖母の趣味で小学一年生のころから東宝芸能学校に通って、歌や芝居や日本舞踊やバレエまでレッスンしたらしい。

私は祖母の代まで数代続いた神田の建具職人の家系だったが、私から世田谷生まれになってしまった。祖母がやっぱり遊び好きで、素人のくせに近くの小屋（今春座）で女歌舞伎の興行に参加したり、若いころの柳家金語楼を呼んだこともあったという。晩ごはんの支度をしていても、近所の男友だちが誘いにくると、家事をほっぽらかして人力車にとび乗り、神田から近いイギリス大使館まで走らせ、その使用人小屋（治外法権だった）で開かれる花札博打に参加して、立て膝などして夢中になっていたらしい。やがて私が生まれるとじき祖母は死んでしまったけれど、私の育った家にはおとなしい母と、きわめて個性的な俳優がふたり（伯母と伯父）いた。

森田さんも私も、いわゆるまともな家庭の育ちではない。勤め人やエリートにも縁がない。一九六〇年代の濃密な季節の中で思春期を過ごしながら、他者が差し出す何色にも染まらず生きてきたように思う。その無色であることの意思が、森田さんと私が共有できる世界、価値観だったのかもしれない。

そしてなによりも共有していたのは、父の不在。予《あらかじ》め失われた父。

私の母は、私が一歳半のころ父と別れた。だからそれ以前の記憶の断片はある。肩車された時の感触やポマードの匂い。父の肩の上から小石を投げた川の水面の揺れ、とか。父の顔は覚えていないけれど。でも森田さんには、そんな記憶さえなかった。

たぶん「阿修羅のごとく」の撮影をしていたころだったと思う。ほんの数分、森田さんとふたりだけで短い会話をしたことがある。撮影現場の片隅だった。どうしてそんな話になったのか覚えていないし、個人的な会話など交したこともないのに、なぜか「父」のことになった。私がまわりの人たちから「一人前のモノ書きになりたいんなら、父親を探し出して会いにいってこい」、と言われたと話すと、森田さんはちょっと黙ってから、こう言った。いつもの、あのささやくような声で「ツツイさん。ボクたちはさ、イメージのなかで父親を作るしかないよね」。

森田さんが育った渋谷。町は変貌して、友のほとんどもそこからいなくなり、学校もなくなってしまったという。「帰る感覚、癒される気持、そんな故郷ではない」と森田さんは言う。私も同じだ。でも、森田さんも私も好きなのだ、ふるさとのメガロポリス東京が。予め失われた故郷であっても、大好き。

ドンブラコ〱、川の流れに乗って桃がいく。その桃は、代々つらなる地面に生えた、立派な木に成った桃ではなさそうだ。ドンブラコ〱。都市を流れる川と一緒に、ジューシーな桃がいく。

その寄る辺ない明るさと軽さと、楽しく生きていく覚悟のようなものが、森田ワールドの魅力（真髄）だったと思う。

森田さんと一緒に食事ができるとしたら——どっちも個人的なお喋りが苦手だから、やや困ってしまうけれど、「桃の冷製パスタ」でも作ろうかな。まず、おいしいオリーブ油に潰しニンニクを入れ、冷蔵庫で冷やしておく。桃は少しだけ歯ごたえのあるジューシーなものを選び、ひとくち大に切って塩とレモン汁で下味をつけ、さっきのオイルをまぶして、また冷やしておく。パスタ（フェデリーニ）を茹で、氷水で締め、よく水気を切ってから桃とバジルをちぎって混ぜて出来あがり。お皿も冷やしておこう。

たぶん、森田さんは「おいしい！」と言ってくれるだろう。幾つになっても、突然の最後になってしまった映画「僕達急行A列車で行こう」のときまでずっと、ジューシーな監督だった森田さんと、いい匂いのする桃のパスタが食べたい。

マイ・ディア・ファミリーと「母の作った朝鮮漬け」

私が生まれ育った家は、東京の世田谷区祖師谷《そしがや》にあった。昭和二十年代、そのあたりにはまだ畑や野っ原が広がり、小さな川も流れていた。そんな長閑《のどか》な住宅地に建った小さな家には、私が生まれるまで、かなり個性的な五人の大人たちが暮らしていた。

紹介しよう。まず、母方の祖母。「マッさんは最後の江戸女だねぇ」、と評されるくらいの小ざっぱりした江戸っ子気質《かたぎ》で、愉しいことや気持ちのいいことが大好きだった。私の母の姉である伯母と、連れ合いの伯父。どちらも新劇の俳優（うちでは「役者」と呼んでいた）で、赤木蘭子と信欣三。そして、私の母と父。母は可哀想なくらいおとなしくて献身的で、野辺に咲く草花のような女だった。父についてはよく分からない。いずれのひとも、いわゆる「幸福な家族的イメージ」からはほど遠い、協調性に欠ける、てんでんバラバラな人たちばかりだ。

そんな家に私が生まれ、二年も経たないうちに祖母が心臓病で亡くなり、おとなしい母は誰にも相談せずひっそりと離婚を決意。父はいなくなった。

あのころ、家《うち》にはいろんなヘンな人たち、演劇や映画やアート関係の人たちが出入りしていた。戦争が終わって数年が過ぎたころだから、まだ「左翼にあらずんば人に非らず！」の気風が濃厚で、これからは新しい時代がくると信じる輩も多かったし、とりわけ劇団の役者仲間が集まったりすると、酒を飲んだ勢いで肩を組み、当時の左翼たちのテーマソングだった「インターナショナル」を、いい加減なフランス語混じりのダミ声で歌ったりしていた。

幼い私はそんな大人たちを、竹で編んだ行李《こうり》の中に坐って、じっと観察していた。なぜそんなところに坐ってじっとしていたのかというと、私は一歳半ちかくになっても、ちゃんと歩けなかったのだ。ようやく「この子、ヘン」と気づいた伯母と母が私を病院へつれていくと、右足の膝に水が溜まっていることが判明。それからは伯母が毎朝毎晩のように右の手のひらを私の膝に乗せ、さすったり小刻みに震わせたりして「気」を入れてくれた。おとなしい母は伯母の治療法に疑問を抱いたりはせず、伯父は関心もなかったにちがいない。

その治療が効いたのか、私は立ち上がってヨロヨロ歩けるようになったが、すぐに転んだ。じつは先天性股関節変形症もあったのだが、膝の水に気を取られた医者も気づいてくれなかったのだ。私はあんまり転ぶから歩くのが億劫になって、畳の上で寝転んでばかりいた。

たいていの時は、静寂な家だった。伯母も伯父も劇団の公演や映画の仕事で外出していることが多かったし、家の中のことはすべて母がひっそりとこなしていた。歩くのが苦手な私はすぐ熱を出したり自家中毒をくり返す虚弱な子供で、近所の子供たちが繰りひろげるアウトドアの喜びにも参加できなかった。

そんな静寂な家に、異変が起こり始めた。原因は伯母だった。私が三歳になったころから、伯母は神経の薄闇に沈み始めて、だんだん狂いの気配を深くしていった。何が理由《きっかけ》なのか、伯父にも母にも、もちろん幼い私に分かるはずもなく、伯母は突然のように、いつもの伯母ではなくなる。狂い始めるのだ。繊細なガラス細工が砕け散るように。押し入れにこもって泣きつづけたり、眠ることさえ許さず伯父をしつこく問い詰めたり、母に荒々しく当たったり。私はまだ幼いから、伯母のターゲットにはならなかったけれど、同じ屋根の下で息をつめ、とにかく泣かないでいようと頑張った。私が泣いたりしたら、この家は壊れてしまう。小さな胸でそう感じていた。

伯母は女優の仕事を休んで、家に居ることが多くなった。恐かった。私は全身の細胞を研ぎ澄ませて、伯母の気配を窺っていた。家に居るときの伯母は、いつも火鉢のそばに坐って煙草をふかしながら緑茶を飲み、ぼんやりと「無」の気配をまとっていた。気が向くと、しつこいくらいにいつまでも本を読んでくれた。朗読が上手な女優だったから聴き応えがあった。「西遊記」がいちばんスリリングで、登場するキャラ(魔物や妖怪たち)を声色で演じ分けてくれるから、私は陶酔して、くり返し読んでもらった。

「おはじき」を一緒にしたこともある。伯母が卓袱台に広げるのはガラス玉のおはじきではなくて、色とりどりの薬だった。ビタミンA、B_1、B_2、C、鉄分や胃腸薬や鎮痛剤もあった。伯母は薬マニアでもあったから、体の弱い私のためにいろんな薬を買いためていた。その薬を指先ではじいて「おはじき」をする。今にして思えばシュールな遊戯だった。

穏やかな伯母と砕け散る伯母と。その行き来が激しくなり、私が小学一年生になる春、伯母は精神科の病院へ入院した。ぎりぎりまで女優の仕事はやっていて、「劇団民藝」の公演「愛は死をこえて——ローゼンバーグの手紙」には伯父も一緒に出演していた。最終日の幕が降り、伯母は舞台袖で待っていた医師と一緒に車に乗せられて、そのまま病院へいった。まるでテネシー・ウィリアムズの戯曲のようだけれども、本当にそうだった。四年後、伯母が退院してくるまで、私は一度も伯母に会えなかった。

伯父の信欣三については、この連載の北林谷栄さんの章でも触れている。北林さんとはご近所の銀座の生まれ。現在《いま》の「GINZA SIX」の通りをはさんだ真向かいにあった「函館屋」が生家。明治九年開店、東京で最初にアイスクリームと氷を売った店で、奥のドアを開けると、かなり広いワインバーだった。祖父が創業者で伯父は初孫。かなりの坊ちゃん育ちだったが、昭和になって店を継いだ伯父の父が、たったひと晩の博打で負けて、店を失くしてしまった。

伯父もすっからかんになったが、まだ若かったから、好きな演劇の世界へとびこんでいった。「新協劇団」の旗揚げから参加。戦争が始まると、新劇は弾圧され、治安維持法違反で検挙され投獄されたことも何度かあったと聞いている。そのころには、同じ劇団にいた伯母と結婚していたから、伯母も投獄されたことがあった。

伯母はそのときの記憶が戦後になってもフラッシュバックしていたらしく、「アタシがヘンになったのは、あん時のせいもあったのよ」と、ずいぶん後になって聞いたことがある。精神科に入院したてのころもフラッシュバックが起きて、逃げようと窓から飛び降りたが二階だったので首を捻挫しただけだったと、他人事のように話してくれた。

伯父と伯母の夫婦関係は、同じ俳優業であり戦争を共にくぐりぬけてきた経験もあり、

「俳優座」から「劇団民藝」まで同じ劇団に所属していたこともあり、ならば仲よし夫婦だったのかというと、とても複雑で、私にはよく分からない。

伯父は味のある名脇役として評判がよく、友人にも仕事仲間にも好かれていた。伯母は天才的資質の女優といわれていたが、人生の殆どを様々な病気との闘いで苦しんだ。繊細すぎて壊れやすくもあったし、愛嬌もないし、生活臭のまったくないひとでもあった。伯父はアルコール類が人の数倍も好きで、強くて、いくら飲んでも肝臓をやられることもないし、毎日のように飲んで発散していた。伯母は「無」というバリアをまといながら、ゆっくりと狂いの気配を深くしていった。

伯父にとって伯母という存在は、手に負えなかったのだろう。その原因のひとつとして、俳優としての質の違いがあったと思う。伯母が本質であるなら、伯父は思考と技巧。たとえばシェイクスピア劇を演ることになったとする。伯父は、舞台となる中世イタリアの地図や資料を床に拡げ、虫眼鏡でそれらをじっくり調べていく。伯母は鎌倉彫の手鏡だけを持ち、リビングの椅子に坐り、鏡の中をじっと見つめる。何時間も、何日間のときもある。そうやって自分の裡の細胞を変容させているように、私には感じられた。しかも伯母が見ているのは、鏡に映った自分の顔ではない。その向こうの「無」を見ていた。

伯母が四年間の入院を終えて、戻ってくる。それが許可されるための条件が医師から二つ示された。姪っ子のトモミちゃん（私のこと）をそばに置くこと。そして家を新築すること。

母からは、私とふたりでこの家を出ていきたいといわれた。一生けんめい働くから、出ていきたい。私は迷った。十歳の少女として精いっぱい考えて、家に留まることを選んだ。ようやく退院してくる伯母にとって、私も母もいないのは淋しすぎる。そう思ったのだ。母はすぐには返事をせず、でも、「ともみがそう思うのなら……」と寄り添ってくれた。たぶん母の選択には、もっと複雑な事情があったのだろうが、まだ子供の私には分からなかった。

小さな家は壊され、新しい家が作られることになった。伯父は生来のシャレ者でセンスもいいから、ありきたりの家は作らない。友人の建築家・山本勝巳さん（俳優の山本學さん・圭さん・亘さんの父親）に設計を依頼した。

出来上がった家は銀色のアルミ屋根で、リビングは広々とした吹き抜け天井で、小さな家の裏庭に生えていた立派な栗の木をそのまま梁にして、二階までつづく大きな窓には障子がはめられていた。印象でいうなら、山荘の雰囲気があるモダンな家。シャレ者の伯父の面目躍如の仕上がりで、ずいぶんいろんな雑誌が写真を撮りにきていた。

伯父はこの家を建てるためにも、ものすごく頑張って働いていた。伯母が入院していた病院は日本でも有数の入院治療費が高いところだったし、それに加えて家も建てるのだから、伯父は劇団の公演の合間を縫って、常に映画二、三本に掛け持ちで出演していた。飲酒も休まずつづけていた。華奢な伯父のどこにそんなエネルギーがあったのか、謎である。

伯母が退院して帰ってくる。伯父も母も私も、不安と期待で緊張しながら伯母を迎えた。そんな時、家族らしいあったかい言葉とか気の利いた何かを言えればいいのだが、そういうことが全く苦手な面々である。ほぼ無言のまま伯母を迎え、伯母もほぼ無言で新しい家に入り、リビングを見まわすと「ふ……ん」とだけ感想をもらした。そのリビングのいちばん目立つ、二階に近い壁には、伯父の伯母へのご機嫌取りとしか思えない、フェルメールの絵の複製が飾られていたのに。「真珠の耳飾りの少女」。モデルの女の眼が、伯母の若いころの眼にちょっと似ているのだ。でも、「ふ……ん」としか言わなかった。そしてそれからの日々が、平穏であるはずはなかった。

私のいとしい母。

私が二十五歳の夏、伯母は癌で亡くなった。伯父にはすでに付き合っている女《ひと》がいたから、私は母を連れて家を出た。貯金なんて一円もないから、伯父に二十万円だけ借りての心許ないスタートだった。三歳から十八歳まで習っていたバイオリンでスタジオミュージシャンをしたり、小さな広告代理店でアルバイトをしたり。母も洋裁の内職をしてくれて、なんとか暮らすことができた。伯父に借りた二十万円は半年ほどで返した。

そんなギリギリの生活だったけれど、母は嬉しそうだった。念願だった私とふたりの生活を送れるのだから。毎日、手書きで献立てのメモを作り（この習慣は、私に受け継がれている）、材料費が安くておいしい料理をていねいに作ってくれた。母も私も虚弱体質なので、夕暮れになると微熱がでて、ふたりして畳の上でゴロ寝をしていた。私の幼いころのように。

そんな母がおとなしいだけのひとだったかというと、そうではなくて、ほんわり明るい天然で、なによりも不思議なセンスの持ち主だった。赤ん坊のころから、私の服はほぼ母の手作りで、次の季節は○○色が流行ると思うわ、と母がひっそり言えば、その通りになったし、あの当時としては珍しい花柄と水玉を合わせたワンピースを作ったり。私はソックスやイヤリングを左右別々の組み合わせにするのが好きなのだが、母も「いいじゃない。それがステキなら」とへっちゃらだった。ラジオをよく聴いていて、「このひと、面白いわ」、と母が褒めた人は必ず人気者になった。後々脚本を書くようになり、母のセンスでのキャスティング案を伝えると、久世光彦さんに「あなたのキャスティング、どうやって思いつくの?」と褒められたが、「ふふふ」と微笑って教えなかった。

二十八歳のころ、ふとした縁があって、テレビアニメ「ドン・チャック物語」の脚本を書くことになった。それが出来たのは、大学を出てじきのころ、好いてくれる男が結納を持ってきそうになり、私は「結婚」から逃れるために、偶然そばにあった(これは、本当)「シナリオ研究所」のチラシを見て、そこへ行ってみることにしたのだ。七〇年代の初めごろだったから、生徒は学生運動崩れの連中が多くて、すぐに授業をボイコットしたり、パターン化した口調のヤジを飛ばして、教室は半年で閉鎖された。私は皆からバカにされた(ひとりだけ日傘《パラソル》をさして、バイオリンケースを抱いたりしていたから)けれど、あの騒がしい半年が役に立ったのだろうか? やがて初めて書いた脚本は直しもなく採用された。

でも私は、脚本家になりたいなどと思ったことは一度も、一瞬たりとてなかった。何故かといえば、幼いころから私のまわりには、伯母や伯父、その仲間たちの強烈な才能(存在感)があったし、とりわけ私のゴッドファーザー(名付け親)である宮島義勇氏は、日本映画界の名カメラマン(「人間の條件」や「切腹」の撮影監督)であり、「歩く生き字引」と称されるほどの博覧強記の御仁。そんな才能たちがいる映画や演劇の世界に、私みたいなヘナチョコが入ることも立っていることも出来るわけがない。

心からそう思っていたので、脚本家になりたいなんて思ったこともない。もっと言うなら、「女優」という奇怪な生きものに近付くなんてまっぴらごめん、とさえ思っていた。それなのに私は脚本を書き、小説や随筆や戯曲まで書いている。不思議だ。

でも——心の奥の扉を開けると、私がそうなってしまった秘密が仕舞われている。またしても、伯母である。伯母はその狂気と濃密すぎるほどの愛で私を呪縛してきた。痛くて哀しくて、逃げたいと何度も思った。でも逃げ出せなかった。

晩年、伯母は癌になり、余命も少なくなったころ、うちの本棚で何かの本を探していたら、一冊の薄手の大学ノートがあった。「何かしら?」と手に取って開くと、伯母の字でメモなどが書いてある。さらにめくったページに、「ともみへ」という書き出しの文章を見つけた。ゾクッとしたのを覚えている。息をつめて読みつづけた。「お前は、文章を書くといい。静かでやさしい人のそばで、文章をかいていくといい」。そう記してあった。何なの、これは。私は一度だって、文章を書きたいなんて思ったことはないし、小学生の時から作文さえイヤで書かなかった。蘭子さん、あなたは何故そんなにも私を呪縛するの?! いい加減にして!

私はその遺書めいた文章を無視して、忘れ去ることにした。

忘れた筈なのに、運命のパズルのピースが集まってくるように、私は脚本を書き始めた。二度、すべての依頼を断わって、脚本家を辞めようとしたこともある。でも、いつのまにかまた、ピースが集まって、私は今も、文章を書いている。伯母の呪縛的予言の通り、静かでやさしい人のそばで、書いている。あの強烈な才能たちの記憶はそのままだから、私は未だに一人前になれたとは思えない。

母と私のふたり暮らしは十二年位つづいたけれど、父のことを話したことはほぼ無い。ふたりとも、各々に秘密を抱いていたからだ。

まず、私の秘密。父に会ったのは、三歳の時が最後だ。離婚手続きをする母に連れられて、世田谷区役所で会った。それっきりだった。家が新築され、私がもうじき十一歳になる初夏の夕暮れ。電話が鳴った。たまたま家には私ひとりだった。受話器を取った。「もしもし……?」。沈黙の後、男の声が「ともみか」と言った。父の声なんて覚えてもいないのに、父だと直感した。「会いたい」と言われた。でも私は「会いたくない。あなたはもう、関係のない人だから」、そう言って受話器を置いた。心臓が石のように固くなって、痛くて苦しくて。もういち度電話がかかるかもしれないと、待ったけれど、電話は鳴らなかった。

どうして、あんなことを言ってしまったのだろう。少女なりに、精いっぱい考えたのだ。伯母は退院してまだ一年で、不安定で、そのうえ父のことがあったら、この家はきっと壊れてしまう。そう思って父を拒絶した自分を、残酷だと感じたのを覚えている。この電話のことは、母にも伯母にも、誰にも言わなかった。

母の秘密。これは母が亡くなった後、母とも伯母とも親しかったM子おばちゃんから聞いた。「キヨちゃん(母のこと)はな、あんたのお父さんのこと待ってはったんや。いつかきっと、ちゃんとなって帰ってきて、あんたと自分を連れ出してくれる。そう思っとったんやで」。初めて知る母の秘密だった。私は泣き出したいくらい切なかったけれど、ほんわかと暖かい気持ちにもなれた。小さな草花のようにおとなしかった母の裡に、ひとりの男を愛して、待ちつづけるという秘やかな情熱のあったことが、嬉しかった。

私が三十八歳の春、母はクモ膜下出血で亡くなった。五日間だけの入院だった。母がいなくなると、私はこのふるさと東京でひとりきりなので、仲よしの女友達三人に手伝ってもらって、母の葬式をした。みんなまだ三十代で、葬式を仕切る経験などなかったから、ワーワー騒ぎながら葬式を執り行った。楽しかった。きっと母も喜んでくれたにちがいない。

伯母と伯父と母と私。いわゆる「幸福な家庭的イメージ」からはほど遠い家族もどきの私たちが、一度だけ、力を合わせて行動したことがある。新しい家が出来て一年後の九月。明治以降で最強といわれた伊勢湾台風が襲来した。東京も暴風雨にやられた。

次の朝は台風一過の気持ちいい晴天だった。私が起きていくと、母がリビングの吹き抜け天井を見上げている。「どうしたの?」。私も見上げた。なんだかいつもより、栗の木で作られた梁のあたりが明るい気がした。陽ざしが射し込んでいるような。そこへ伯母も起き出してきた。伯母も異変を感じた。三人で庭へ出て、アルミ屋根を見上げた。あッ、屋根の一部が消えている。屋根はタタミ一畳位の大きさのアルミニウム板を重ね合わせて作られていたが、その一部が消えているのだ。何処へいっちゃったんだろう。たぶんゆうべの嵐で飛ばされたにちがいない。庭を探したが、見当たらない。伯母は二日酔いで眠りこけている伯父を叩き起こしにいき、母が屋根を発見。すぐ裏手の空地に、屋根は落下していた。

寝起き面の伯父も一緒に、四人で裏の空地へと向かった。その周りには家が建ち始めていたが、裏が空地のままでよかった。アルミ屋根は生い繁る雑草の中に、墜落した飛行機の欠片みたいに沈んでいた。

四人は力を合わせて草の中から屋根を引き上げ、四隅を各々が持って、トボトボと家まで運んだ。あとは大工さんが修繕してくれたが、この落下した屋根運びだけが、この家に住む家族もどきが家族みたいに力を合わせて行動した、一度きりの思い出だ。

もういちど、この家族もどきが集合して、何か食べるとしたら——食べ物の好みもてんでんバラバラで、伯父は、いつだってアルコール類とやわらかいもの（超歯弱だった）だけでいいし——そうだ。ひとつだけある。みんなが大好きだった、母が作る絶品の朝鮮漬け。

かつて伯母と伯父は、朝鮮への移動演劇の旅公演で親しくなり、伯父が伯母に恋慕してくっついたらしい。そのとき食べた朝鮮漬けがあまりに美味しくて、ふたりはまだ年若い娘だった母に作るように強いた。真面目な母は自分なりに試行錯誤をくり返して、遂に絶品の朝鮮漬けに辿りついたのだ。

母の手でていねいに心をこめて作られた朝鮮漬けは本当に美味しかった。お正月の元日の朝、まだ寒い台所で、母を手伝って、漬物樽の中にぎっしりと並んだ赤く染まった白菜を取り出す。いい匂いがする。赤い白菜をまな板に置き、母がサクッと包丁を入れる。イカやアミの塩辛、梨、干した柿の皮、昆布や胡麻やいろんな具材が白菜の葉の間に詰まっている。

母はまずひと切れを、私の口に入れる。毎年のように、母は緊張して私の表情を見ている。味わった私が、美味しい！の思いをこめて大きく頷《うなず》くと、母はようやくホッとして、自分の口にもひと切れ放り込む。

ささやかな正月膳を囲み、伯母も伯父も、母の朝鮮漬けを食べるときは美味しそうな嬉しい顔になった。でもお雑煮の一杯を食べ終えると、伯父は早々に自室へ行き、伯母は「無」をまとって煙草をふかしている。母は台所へ。私は何をしていたのか、なぜだか覚えていない。

初出
「小説新潮」2019年12月号〜2021年3月号
「野上龍雄さんと『アルコール飲料』」は「波」2021年12月号
「麗しき男たち」「美々しき女たち」は書下ろし。ただし、「森雅之さん」の項は、「男優Mと哀しみのナポリタン」（『舌の記憶』新潮文庫）を改稿したものである。

筒井ともみ

東京生まれ。スタジオミュージシャンを経て、脚本家となる。映画「それから」でキネマ旬報脚本賞、「失楽園」で日本アカデミー賞優秀脚本賞、「阿修羅のごとく」で日本アカデミー賞最優秀脚本賞、テレビドラマ「響子」「小石川の家」で向田邦子賞を受賞。他の作品に映画「嗤う伊右衛門」「ベロニカは死ぬことにした」、テレビドラマ「センセイの鞄」「夏目家の食卓」、舞台「DORA・100万回生きたねこ」など。また作家として、『食べる女』『女優』『舌の記憶』『おいしい庭』などの著作がある。

装幀・挿画　南 伸坊

もういちど、あなたと食《た》べたい

発行　二〇二一年十二月二十日
著者　筒《つつ》井《い》ともみ
発行者　佐藤隆信
発行所　株式会社新潮社
〒一六二―八七一一
東京都新宿区矢来町七一番地
電話　編集部〇三(三二六六)五四一一
読者係〇三(三二六六)五一一一
https://www.shinchosha.co.jp
印刷所　大日本印刷株式会社
製本所　大口製本印刷株式会社
乱丁・落丁本は、ご面倒ですが小社読者係宛お送り下さい。
送料小社負担にてお取替えいたします。
価格はカバーに表示してあります。
©Tomomi Tsutsui 2021, Printed in Japan
ISBN978-4-10-380703-2 C0095